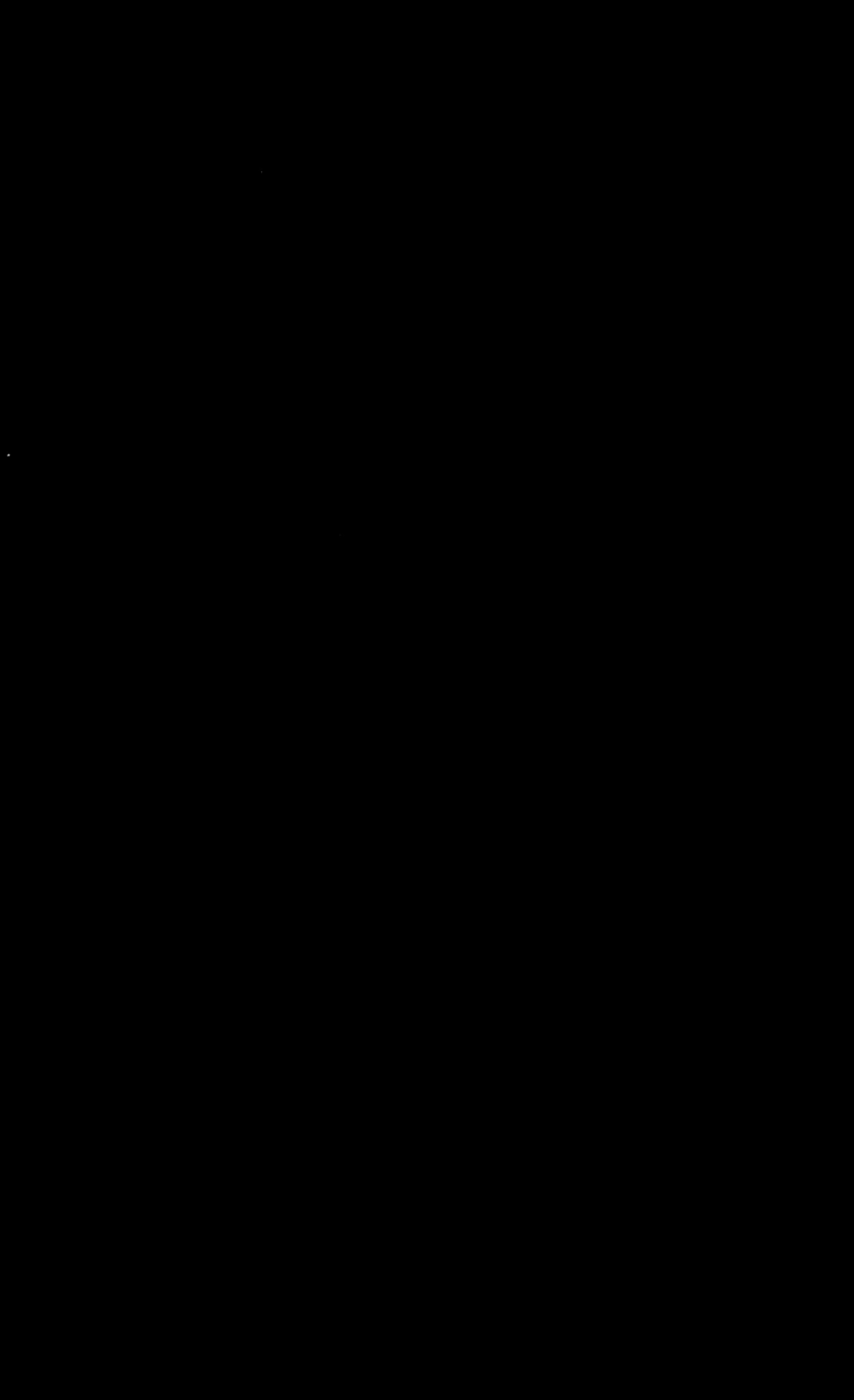

産屋

小池昌代散文集

清流出版

散文集　産屋　目次

I

II

III

IV

I

恋

紅葉に目を奪われる心は、「恋」のようだな、と私は思う。

若い頃の恋は、動物的な発情だった。

歳を重ねると、恋の対象は、さまざまなものに拡大していく。それにつれ、恋の中身が、淡く観念的になっていくかというと、そうでもなく、その心は案外、激しいものだ。

数年前の冬、代々木公園で、一本の異様な高木を見つけた。

赤や黄に色づく樹木が多い中、その木は見たこともないような、濃淡のあるピンク色に色づいていた。

異様な美しさはそれだけではなかった。

葉っぱの裏側が白いのだ。

風が吹くと、裏、表、裏、表、と葉が翻《ひるがえ》り、その「白」に化かされているような気分になる。

木とその周りだけが、誰かに（私に？）夢見られているような、幽玄な雰囲気が漂っていた。

それで今年も、会いに来た。

季節は少し、遅かったようで、枝に残る葉っぱは少なかった。

木の下に入り、上を見上げた。葉っぱのなかを、光が透過する。

そのとき、色づいた葉っぱの「色」が、葉っぱの「形」から分離して、抽象的な命のエキスとなり、わたしの身体に、私の命に、ダイレクトに染み込んできた感じがした。

「色」と交合する、なんてことある？　でも、あるんだ。

紅葉を見ることは、見ることを通して、樹木と性的に交信することではないか。

私が恋した、その樹木の名は、クルマミズキという名前であるらしい。

球体の子供

ざざざ、ざざざ、と音がする。ふりかえってみれば、まだ小学一年生くらいの男の子が、たった一人で銀杏の落ち葉を、蹴散らしながら歩いていた。小さな王様のようである。何を考えているのだろう。足元を見ながら、ざざざ、ざざざ。綺麗な孤独が歩いていくように思った。

この公園には、みごとな銀杏の並木道がある。秋になれば、樹上も樹下も、いちめん、あざやかな黄金色になる。雪を見れば汚したくなるし、落ち葉を見れば、散らかして歩きたくなるのは、子供ばかりでなく私も同じ。歩調をゆるめて、男の子が近づくのを待った。

「銀杏、綺麗だね」

「うん」

「面白い形をした葉っぱだね」

「うん」

「一年生？」（黄色い帽子を被っている）

「うん」

「学校が終わったの」

「うん」

「それじゃ、またね」

「おばさん、銀杏が好きなの」

「うん、銀杏が好きだよ」

「おばさん、あのさ、なんで銀杏が好きなの」

「大きな木だし、大きな木はかっこいいよ、ぎんなんもなるし、ぎんなんはおいしい。葉っぱの色も好き。形も面白い。私、木は好きだよ」

　男の子は、私と話をしているというよりも、私を通り越した、何か別のものと話をしているような目をしている。いったい誰と、話をしているのだろう。

　それから、さよならも言わずに私たちは別れ、男の子は、相変わらず、足元の落ち葉を蹴散らしながら、とぼとぼと歩いていく。どこへ帰るのだろう。

誰が撮ったものだったか、秋の公園にいる、小学二年生くらいの「私」が写っている写真がある。撮られていることに気付かない様子が、その当時の私を覗き見するようで、今の私には面白い。

二枚のうち一枚は、おにぎりをナップザックから出しているところ。遠足に来たのだろう。まわりに友達らしきひとがおらず、私一人が、ぽつんといる。当時、母がこれを見て、

「一人でお弁当食べてたの？　みんなと一緒に食べなかったの？」

と不安そうに聞いた。わざわざ一人で食べたという記憶はなかった。たまたま、そんなふうな、構図になったのだ。母を心配させぬよう、決して一人ぼっちではなかったと、せつめいしたことを覚えているが、しかし私は、そのときの私の心の位置のようなものを、思いがけずに写真に射止められたことに、実は内心、驚いていた。

級友から少し距離をとって、孤独であるときこそ、十全に自分を生きているという幸福感のあった子供。――写真の私は、暗く、こもった目をしており、その内側には、今の私でさえ、立ち入ることができないように見える。しかし、どんな子供も、実はそんなふうに、ぴかぴかと磨かれた、一個の孤独を抱えてはいないか。一人であることが、寂しいとか、悲しいとか、みじめとか、物足りなく思うのは、決まって大

人になった者たちだけで、子供は一人であることを、球体のように清々しく生きている。隅々まで一人を全うしているのだ。

秋の陽のもと、お弁当を食べてから、その日、私たちは縄跳び遊びをした。もう一枚の写真に、その遠景が写っている。

じゃんけんで負けた二人が、長い縄の両端を持って、ぐるぐると回す。どんな節であったか、歌を歌いながら、級友たちが次々と輪のなかをくぐる。失敗すれば、縄を持つ係になった。繰り返し、繰り返し、縄の罠《わな》にけっして身体が触れぬよう、こちら側から、あちら側の世界へ。通過していったたくさんの少女、透明な秋の身体。

色づいた大きな銀杏の木を見ると、今も縄跳びの紐《ひも》が回りだす。回っているのは縄ばかりで、それを持つ手は見当たらない。くぐる少女も見当たらない。

彼女らは、皆、四十を超えた。今、好きなひとといても、たくさんの家族に囲まれていたとしても、ひとが一人であることの本質は、あの頃から少しも変わらない。ただ、その孤独が、欠けたり、破損したり、汚れたりして、疲労の影だけは、ずいぶんと濃くなってはいるだろうけれども。

私はどれくらい歩いたろうか。先ほどの男の子の姿は、どこにも見えず、目の前には、とりわけ巨《おお》きな銀杏の木が、どっしりと一本立っている。そのまわりを取り巻く、今とも昔とも、区別できない、黄金色の不思議な時間。私はそのなかに入れない。少し距離を置いて、銀杏の木と木のまわりを見ているだけだ。

縄跳びをくぐる順番を待っている、女の子の気持ちが、不意によみがえってきた。

雪とはしご

ジョージア・オキーフが晩年暮らしたというニューメキシコ州・アビキューの家は、アドービ（日干しレンガ）でつくられた土の家である。

わたしは写真集で、その家を見たのだが、それは土地のうえに、異物のように建てられた家と違って、土台である土が、そのまま変化して壁となり、窓となり、屋根となったかのような家だった。

雨、雪、光、影、ひとの笑い声や沈黙までをも吸い取って、やわらかく、そこに生きて在る家。

かつて、ニューメキシコ州を旅したとき、わたしは確かに、そんな土壁の家を、たくさん見た。季節は春であったが、雪が降り、わたしは自分の軽装を少し後悔した。

しかし、翌日、雪が降り止むと、今度は、おそろしく透明な光が、とたんにあたりに、おしげもなくふりそそぎ、雪が降ったことなど、幻であるかのようだった。

土壁の家々はひっそりとして、外から見ただけでは、ひとが住んでいるのか、留守なのか、わからない。平日の早い午後、大きな犬をつれた男のひとが、突然、というように門をあけて出てきたりした。みな、何をして暮らしているのか、見当もつかなかった。

そういえば、写真集のなかで、わたしがとりわけ心惹《ひ》かれた一枚は、雪が降りやんだあとの光景を写したものだ。

雪が降ったあとのはしご
写真には、そんなタイトルが付されていた。

はしごの段に、雪が降り積もり、古い木のところどころは、融けた雪の水分で黒ずんでいる。わたしはそのとき、たった一人で写真を見ていたのにもかかわらず、さらに、いっそう、一人になり、ことばということばを全部失ってしまったような気がした。

細いはしごの木の幅に、ようやくのように乗っている雪。雪ははしごの段の輪郭に沿って、そのものの影のように降り積もっていたが、はしごの段のほうこそが、雪の影かとも思われた。

降り積もった雪の線は美しかった。そしてその線が、ほぼ等間隔で、続いている様にも心打たれた。わたしは、はしごがはしごであることに、雪が、雪であることに、そして、雪とはしごがそこに在ることに、ほとんど響くように、心打たれていた。融けてしまえば、失われる一瞬だ。そのことがよけい、この光景に、かけがえのなさをもたらしていたのだろうか。

わたしははしごの上に乗っている雪の、おもみを量るように、その写真を見つめた。すると自分自身が、はしごにかすかな負荷をかけている雪のように感じ、同時に雪に重みをかけられているはしごの一段になったようにも感じた。そうして段々と雪とはしごが、恋を始めたばかりの男と女、いや女（雪）と男（はしご）に見えてきたのだった。

菜の花と麦

駅に至る商店街には、二軒の花屋がある。

一軒は、いかにもおしゃれな店で、若い女性が店主である。花束用のリボンなどは、色も種類も、たくさん置いてある。硝子《がらす》のかびんとか、ミニ盆栽とか、可愛い小物もいっぱいあって、店に入ると、ポプリのいい匂いがする。「はなぶさ」という名前である。

ただ、女の子には、表情というものがない。はいとかいいえとか、返事だけはかえってくるが、会話に発展することがない。花の名前を尋ねてみても、反応が鈍くて、あじけない思いをする。

もうひとつの店は、「鬼花《おにはな》」という。小さなビルの一角を借りていて、三畳ほどのスペースだが、間口いっぱいに、花が入ったバケツがせりだしている。魚屋のような、勢いがある。男主人が、ひとりでやっているが、はやっているのは、なにしろ、安いから。そして、ご主人に職人風の魅力があるからだ。

近所の主婦や、弁護士事務所の事務員、小料理屋さんのおかみさんなどもやってくる。実用的な店なので、リボンなどはない。包装紙は新聞。しかし、花だけは、いきのいい確かなものが、安い値段で提供されている。

いつしか、花、というときは、鬼花へ出向くことが多くなった。

花でなく、花を扱うご主人の手のほうに、あるとき、ふっと目が及んだことがある。大きくて無骨でたくましい手だった。

バラの棘《とげ》にでも傷つくことがあるのか、あるいは、水仕事で荒れたせいなのか、指には、無数の筋がついていて、そこに汚れが入り込み、容易には落ちそうもないほど、黒ずんでいる。美しい花とその手の組み合わせには、どきっとするような官能性があった。

あの手がめくる本の頁、あの手が触れる女性の乳房、あの手の及ぶあらゆるところ、ものもひとも、ひそかによろこびを与えられ、見えない価値を授与されるに違いない。美しいもののために、汚れることを、よろこびとするような指先に見え、花束を差し出す腕のほうこそ、花よりも華だ、と私は思った。

春の花といえば、まず、菜の花だ。

ある日、入院していた祖父を見舞うために、花を買おうと、鬼花へ出向いた。

「いらっしゃい、何にします？」

がっしりした身体、白髪の多い頭髪、とても日焼けした黒い肌。ひとつのことを、辛抱強くやってきたひとの、すがすがしい自信が額に張っている。いつもは厳粛な顔をしているのに、何かの拍子に笑顔になると、ぱあっとあたりが明るくなる。

花の取り合わせにも、センスがあって、これとこれで、どうですか、と、バケツのなかから、茎をすっと持ちあげると、その組み合わせの妙や意外性に、誰もがあっと目を止める。花を扱う手つきには、なによりも正確さと愛情があった。

「見舞いに行くんですけど、ええっと、菜の花を中心に入れて、それから……」

私は菜の花が好きである。たとえ、四、五本でも、まるで一面に、咲いているような気がするのが不思議だ。群れて咲くとき、この花の魅力は、さらに大きくなる。

黄色という色も面白い。あたたかいけれど、橙色ほど押しが強くなく、知的な静かささえ、感じさせる。おとなしいばかりでなくて、その奥に、好奇心を秘めているようなところがある。

鬼花の主人は、間をおかず、

「それなら麦を」と、ひとこと、言った。菜の花のなかに、青い麦を、すっ、すっと、何本か、差し込み、まぜていく。

いい組み合わせだった。いかにも野に咲く、強い組み合わせだ。愛らしい菜の花を傍でささえるような、麦の、実直さ、たくましさ。

「あたしは、菜の花と麦が好きでね」

花をみながら、そう言った。あたし、というときの、「た」が抜けて、あっし、と聞こえなくもない。

「うちの子の一人は麦という名前なんです」

珍しく、そんな身の内を明かしたあと、すぐまたもとの、厳粛な顔に戻ってしまった。むぎ、とはなんと可愛い名前だろう。そう思ったけれど、口に出せなかった。

このあいだ、夜遅く、鬼花の店の前を通りかかった。ご主人が店の奥で――奥というほどの、奥行きはないのだが――椅子に座って背中を丸めている。店じまいの間際なのだろう。売上げの計算でもしていたのだろうか。まわりの店は、どこもシャッターが下りているのに、そこだけ小さな灯りがともっていて、「鬼花」という看板の、「花」は影に入り、「鬼」の部分だけが、わずかに読み取れた。

火の娘

台所の片隅には、一畳ほどの狭い空間があった。子供がしゃがめば、隠れてしまうほどの深さがある。そこに風呂釜が置かれていて、私たち家族は、その釜で木を燃やしては、毎日、風呂の湯を沸かしていた。東京では珍しい光景だったかもしれない。生まれた家は、材木を扱う商売をしていたので、燃料の木だけは豊富にあったのだ。

子供の私にとって、火をおこすのはとても難しい仕事だった。最初は丸めた新聞紙の類。マッチで火をつけると、紙はあまりにも簡単に燃えあがる。それをぼーっと面白く見ていると、すぐ黒いすすになって燃え尽きてしまう。これでは一向に風呂が沸かない。紙に火がついたら、すぐに薄い木片を選んで、どうぞ、火がつきますように、と願いながら、重ねていく。第一段階で、ぱちぱち、という音がしたら、しめたもの。あとは、よく乾燥した薪《まき》を選んで、たやさぬように釜にほうりこんでいく。薪といっても、住宅用に製材された木の端切れである。最後に釜の扉を閉めると、ごおーっという地獄のような音がする。火が本格的にまわった、証拠の音である。

ぱちぱちも、ごおーっも聞こえずに、しーんとしているときはとても悲しい。祖母か母にかわって火をつけてもらう。大人の女たちは火つけがうまい。なぜだろうと思う。悔しく思う。だから、うまく火がおこせたときは、誇りと満足感で一杯になる。さあ、燃えろ、もっと、燃えろ。

「ごおーっ」という音は、私には、忘れられない因業の音だ。ああ、やっと火がついた、とほっとしながらも、この音を聞くと、心のもっとも深い部分がなめられているような感じがした。命そのものに火をつけられたように感じたのだ。危険と知り抗いつつも、惹かれてしまうような魔力のある音であり、性的な快感にも通じるものがある。そんなときの私は、少しおかしな目をした、火の娘の一人であったかもしれない。

燃え切ったあと、いまだ内側に火を宿した熾《おき》は、火消し壺と呼ばれる入れ物に移される。祖母はその作業を、「熾をとる」と言っていた。熾は壺のなかで炭となり再利用されるが、その炭も消尽されれば、やがて灰となる。薪、熾、炭、灰——燃えていく過程で、次々と呼称が変化する面白さ、美しさ。

マッチ一本のような小さなものであっても、燃え上がった瞬間、火はたちまちに、その空間の中心の王となる。まわりの事物を、組み伏せ、圧倒し、沈黙させてしまう。恐ろしい存在感がある元素である。火を見ていると、我《が》が消えて、求心的になっていくのがよくわかる。

ああ、火を見たい。大人になったいまも、時々、そんな声を自分のなかに聞く。しかし、マッチ遊びもそうそうできない大人は、せいぜい蠟燭に火を灯して食卓を飾ったり、花火をしたり。

去年の夏は、近所に住む友人ご夫妻と、大人だけの花火遊びを行った。派手でまぶしい花火のあとに、線香花火に火を灯す。買っておいたものには韓国製と日本製があって、韓国製のほうが、火花が長く、よく散った。日本製のほうは、なんとなくはかない。火の玉がじゅっとふるえながら、やがて、落下するまでのごく短いあいだ。何を考えていたのか、思っていたのか、私たちは、それぞれに無口になって、その「時の間」を味わったものだった。

運ばれていく

そのとき、私は乳母車を押していた。乳母車のなかには、眠っている赤ん坊がいた。ごろごろごろ。車輪が道をすべる音がしている。なんだか一瞬、死体を運んでいるような気がした。

この子を産んだばかりのときは、生きものを育てるという、そのことに、どきどきしながら、日々を過ごしていた。とにかくまず、死なせてはならない、とそれだけを思って。

昔、飼っていた十姉妹の世話を忘れて、餌をやらずに死なせてしまったことがあったのだ。あのとき鳥は、翼をぱた、と折りたたみ、自らのおもみをどさりと投げ出して、鳥かごの床に横たわっていた。あ、死んだ、と思った。植物に対しても同じようなことがあって、他のことに気をとられて、気が付けば、鉢植えの緑を幾度も枯らしている。そういうときも、あ、枯れた、と思った。そして同じような感触のことを前にもやった、と悔やむのである。鳥や植物と赤ん坊とのあいだには、やや距離があるが、とにかく、このイキモノを、決して死なせてはならない、と思ったのだった。

しかし三ヶ月を過ぎても、赤ん坊は生きている。よかった。三ヶ月も、赤ん坊を生き長らえさせたことを、一瞬、たいへん、誇らしいことのように感じ、誰かに自慢してもいいように思ったが、考えてみればこれから先が長い。こんな調子なので、オヤとなった今も、まだ半分は、夢を見ているような感じだ。親とは、誰もが周到に準備してなるものでなく、突然降ってくる帽子のようなものなのだろう。しかも、この帽子は、被っていることを忘れることはできても、決して脱げない帽子なのだ。

ごろごろごろ。ところで私は赤ん坊の、おしゃぶりをした後の、唾液にまみれた指――正確には、その唾液が乾いた後――の、すっぱいような匂いが好きだ。すっぱいといえば、便の匂いも（味は知らない）。汗は、まだ、大人のように、匂うことはない。さすがに生まれたては、すべての分泌物に、透明感と清潔さがある。

まだ言葉は出ないが、えうえう、とか、るうるう、など、不思議な音を発するのも面白い。私も同じように真似てみる。真似てみれば、そのココロが、わかるかと思って。わからないけれども、唇に思わぬ快感をもたらす、これは、魅力ある音である。

ぶーぶーとかまんまとか、教えられて習得していく、大人の言葉を甘くした幼児語とは違い、そうした喃語《なんご》には、赤ん坊の体液から直に滲み出てきたような、言葉の原液の響きがある。言葉とはいえ、その中身は、まだ綺麗な、がらんどう。しかしもう間もなく、そこへ意味が、次々と進入してくるのだろう。いつのことだったろう。言葉のない世界、羊水的世界から分離して、意味の世界、分別の世界へと、私が橋を渡ったのは。

ごろごろごろ。いま、運ばれている赤ん坊。じっと見ているうちに、私は改めて、この、「運ばれる」という行為に心がとまる。

電車にしろ、バスにしろ、あの途上の時間の、なんという不可思議さ。まだどこにも行きつけない、浮上のひととき。翼もないくせに、いや、ないからこそ、私たちは、自分の能力をはるかに超える速度で、空間を飛び越え、目的地へと急ぐ。それも椅子に座って、静止したまま。まるでこの世の時空間を、からかうような行為ではないか。同じ車内に偶然放り込まれ、肩書きや役割をはがされて、放心したように点在している乗客たち。はるか高みから眺め降ろしたのならば、皆、神の赤ん坊のように、等しく無力である。この間はどんなに心が急ごうとも、とりあえずは運命に身をまかせ、ひたすら受動的に運ばれるしかないのだ。しかしこの受動的な風景が、私には祝福された生の休暇のようにも思える。

最初、乳母車で運ばれた人間は、やがて柩《ひつぎ》というしめやかな箱に入り、そこでもまた運ばれて生を終えるだろう。私が乳母車を押しながら、一瞬、死体を運んでいるように思ったのも、だからそれほど、唐突なことではないのだ。

ごろごろごろ。気が付けば、八百屋「しのざき」の前を通りかかっていた。ここは二級品ばかり扱っている、値段が恐ろしく安い店である。東北訛《なま》りのある、小柄な夫婦が商っていて、おじちゃんは小太りで無口、ぶっきらぼう。お客と口をきいたところを見たことがない。おばちゃんはいつも、有らぬ方角を見ているようなひとだ。苺二パックで五百円。随分安い。きっと底の方の一つか二つは、腐っているに違いない。そんなことを思いながら、じっと見ていると、「あれ、産んだの」とおばちゃんの声がした。私に向かって、言っているのだった。はい、と即答していいはずなのに、私には図りかねる不思議な間があった。答えるかわりに、ああ、そうだったと、乳母車のなかを見た。するとそこには、死体でも荷物でもない、まぎれもなく、生きている、赤ん坊がいた。

犬の匂い

私が大学生の頃、家の近所に動物を扱う商売をしているらしい、変なおじさんが越してきた。いつも真っ黒なドーベルマンを連れていたので、黒犬のおじさんと呼ばれていた。

おじさんがいつ、この町に現れ、どんなふうに、人々のあいだに溶け込んでいったのか、今となっては思い出すことはできない。そういう人はいるものだが、気がついたとき、おじさんは、もう何十年も前からこの町にいるような感じで、近所では知らないひとのいない、おなじみの人になっていた。

ふらっと玄関先に現れては、犬だの、鳥だのを斡旋する。こんな鳥がいるんだけど、飼ってみないかとか、可愛い子犬が生まれたんだけど、貰《もら》ってくれないかとか。あくまでも斡旋で、売買ではない。

おじさんがこの町に現れて以来、隣近所には、鳥だの猫だの犬が増え、人々の会話にも、うちの猫がどうした、犬がどうした、小鳥がどうした、という話題が増えた。

年は四十五歳くらい。お顔だちと身体つきは、失礼ながら猿そっくり。裸になったなら、毛むくじゃらの胸板があらわれるような感じだ。黒犬と生活を共にしているせいか、近づくといつも、犬の匂いがした。

妙な馴れ馴れしさがある人だった。のら猫とかのら犬が、ひっそりと人に近づいてくるような感じ。実にさりげなく懐に入ってくるので、誰もが、はねつけることができない。しかしあとになって思い返すと、胡散《うさん》臭さが、煙のように立ち上る。

おじさんは確かに人間であるのに、物差しをあてると、いつもそこには、微妙なずれやぶれが感じられるのだ。それは彼が、実際に、動物と人間の、二つの世界をまたぐひとであったからだろう。

私は、そんなおじさんに対し、ある距離を保ってつきあわねばならないと、いつも警戒心を抱いていた。犬と一緒に海を見に行かないか？　そんなふうに不意に、ひとを誘うこともあったからだ。

その彼から、私が貰いうけたのは、一羽のインコの雛である。

小太郎と名をつけ、餌付けをした。小太郎はとても賢かった。鳥籠《かご》の入り口を開けて名を呼ぶと、まっすぐに飛んできて、私の肩にちょこんと止まる。いつしか、部屋のなかで放し飼いをするようになった。

人間中心の生活のなかに、生き物の存在が静かに侵入し、日々、鳥の匂いが、家のなか全体に広がっていった。それはおじさんがこの町に、静かに溶け込んでいったのと同じような具合いだった。

生き物はしかし、いつしか野性を取り戻す。成長した小太郎は、籠からやすやすと逃げ、まもなく行方がわからなくなってしまった。そして気がつけば、おじさんも、町から突然、いなくなっていた。挨拶もなく、これまた不思議な消え方だった。

いなくなってから、私は初めて、おじさんが杉本という名字であったことを知った。誰かがおじさんをそう呼んでいたのだ。杉本さんか。黒犬のおじさんが、俄《にわか》に人間の匂いをまとったように思ったが、そこにはやはり、名字がしっくりとなじまない、微妙なぶれがあるのだった。そうして、私はおじさんに対して、初めてある悲哀のようなものを感じた。

彼はあれからも、ひとに動物を斡旋しながら、たくさんの町をめぐったろうか。胡散臭い人だと、そのたびに人に思われて。

小川小判《おがわこばん》

猫は人でなく、家に居つくというが、わが家にも、それらしき野良猫がいる。ここへ越してきて四年以上になるが、越してきた当初から、ドアの前で、入れてくれとばかりに、神妙な顔つきで私を待っていた。お世辞にも可愛いタイプではない。むしろ貧相な人相いや猫相である。「小川小判」と命名した。

唱歌「春の小川」のモデルとなった小川が、このあたりにかつて流れていたらしい。歌碑が家の近くに建っているので、それにちなんで、まず、小川。名前の小判は、せめてわが懐に、小判でもざくざく入ってきますようにという、非常にさもしい願いから。しかし、私は、小川小判を決して家にあげてやらず、追い払うばかりであったのだから、実際の小判など、入ってくるわけもない。

わたしには猫の毛のアレルギーがあり、くしゃみが止まらなくなったり、目が充血したりする。だから猫とは一定の距離をとらなければならない。

いや、そんなことをはかる前に、そもそもこの動物には、人と対等に対峙する迫力があって、むこうの方から一定の距離を取る。可愛がってやるなどという、上から見下ろす視線では、よい関係は築けない。

小判とは、毎日顔をつきあわすうちに、あ、少し痩《や》せたかな、とか、おなかがすいているのかななどと、気にかけるようになったのは、自分でもおかしかった。

動物は、人間の「ことば」をしゃべることができない。人間同士なら、ことばで慰めたり、慰められたり、励ましたり、励まされたりしているし、少なくとも、しているつもりにはなっている。そういうときの「ことば」は一種の贈り物としての機能を果たしている。しかし、ことばを使えない場合は、そうした一切の交換物もなく、ただ、お互いが、ここにいるということ、存在しているということ、それだけのことを通して、関係しなければならない。関係のなかでは、もっとも純粋で困難な作業を行っているのかもしれない。それだけに、感情の行き来を確認できたときの喜びは、かけがえのないものになるだろう。

もっとも、私と小判の関係は、そのような喜びからはほど遠い。会えば互いを認知するだけの、非常に冷ややかなものなのであるが。

このあいだ、久しぶりに、小判を見かけた。このところ、どこかへふらっと出かけては、姿を消すことがあるのである。あ、小判だ、と思って、私は立ち止まった。小判も私をじっと見た。その顔は猫というより、人だった。人臭い猫だった。どこかで見たような顔と思ったが、死んだ祖父の顔だろうか。

「おい、そこで何をしている、おまえ、なんでそこにいる?」。小判は、存在の根源につきあたるような目で、しばし私を焦《こ》げるように見たが、わたしが答えないでいると、やがて「おまえになんか、興味はないさ」と、不意に顔をそむけ、塀をよじのぼり、みごと冷酷に離れていってしまった。

黒猫ふわり、心に降りた

道を歩いていたら、わたしの目の前に、黒猫がふわっと舞い降りた。

高い石の塀から石の路上へ。

猫の足の裏は、狙い定めた地上のある部分に、くるいなく正確に吸い付いたと見えた。

わたしはあっと思った。猫が着地したその瞬間に、吸い込まれてしまいそうな感じだった。いったい、どうしたわけか。

「塀のうえ」という、さっきまで自分のいた高見の世界をさっさと脱ぎ捨てて、「路上」という、わたしと地続きの日常へ下りてきた猫。世界脱却と新世界進入が、同時になしとげられた一瞬だった。

イキモノが、高いところから低いところへ降りるという動作、それが、あまりにも素早く為されたために、「落下」のようにも見えたこと（それにしてもそれは、モノが落ちるのに比べれば、もっさりとした、優雅な落下だったが）。

日常のなかで、落下という現象は、たいていが破壊という結果と結びついているので、猫の動作が、どこかで「死」に、瞬間的に結びついたのだろうか。

黒い塊は、着地の瞬間、ぴたりと静止し、それからゆっくりと歩き出す。固体から液体へと溶け出すように。わたしはなぜか、ほっとする。そう、あらゆる場面で、着地とは、この世に生きて戻ること、死から生への転換地点なのだ。

猫が降り立ったのは、地面のうえなのに、猫は同時に、わたしの気持ちの地面に舞い降りた。こころの表面に、瞬間にかかった猫のおもみで凹《へこ》みができ、その凹みは、しばらくすると、なにごともなかったかのように均《なら》されてしまった。

でも、一度、凹んだという記憶の感触は、不思議にありありと、いつまでも消えない。

本物の猫のほうは、道を横切り、錆び付いた門の下をくぐると、閉鎖された工場の建物のなかへと、静かに消えて見えなくなった。

たったこれだけの光景が、あのとき、わたしのなかの何かを支えていた。いつか辛いことがあったとき、わたしは今日見た、猫の着地のことを思い出そうと思った。思い出せばこころに弾力が戻る。多分、忘れてしまうだろうから、今日は、そのことを、せめて、ここに書いておこう。

重さと軽さ

「人間の重さとは思えなかったなあ。何だかとんでもないモノのような重さで。人間って、こんなに重いものだったのか、と思ったよ」

線路にうずくまって死のうとしている見知らぬひとを、ホームの上に引き上げたという、友人の話だ。

肩だの手だの足だのを持って、三人ほどの男が引き上げにかかったというのだが、そのとき、うずくまった男の重さは、ただものではないほどの重量だったという。

昔見た映画『あゝ野麦峠』で、大竹しのぶが演じる女工が病に倒れ、兄（地井武男）が彼女をしょって山を越え、自宅に連れ戻すシーンがあった。彼女はその途中で、死んでしまうのだが、その瞬間、兄は、自分の背中が、急に重くなったことを感じて、ふりかえる。

身体に「死」というものが入ってきたとき、あるいは、生きる「意志」をなくした時点で、身体細胞は、物質化するのか。

重力は、あらゆる存在を等しくひっぱっているけれども、生きている私たちは、前へ前へと進んでいくことで、引力を分散して軽く在るのかもしれない。

そもそも、自分の重みというものを、私はまったく自覚せずに生きている。五キロの米袋でも、ふうふう言っているのに、私はその九倍は、あるのである。

自分で自分を運んでいるときに、自分の重みを感じないという仕組み、この鈍感さなくして、私たちは生きることができないようだ。

我が重みを重みとして正確に負うのは、他者であり、体重計であり、足元の下の地球である。自分自身を正確に把握できない人間には、だからこそ、想像力という力が与えられているのだろう。

今、窓の外のケヤキの枝に、小鳥たちが来てとまり、また、すぐに、飛び立っていった。鳥たちの存在の余韻を楽しむように、枝がかすかに揺れている。

小鳥らの重みは、飛び立ったあと、まるでなかったもののように解消されて、その後の空間は、清々として明るく軽やかだ。

翼を持つものは、こうして引力から自由である。しかしその鳥も、死んだときには、その重みをそっと、この世に戻す。

ところで、線路にうずくまった男のひとだが、助っ人たちによって持ち上げられたとき、一体、どんな気持ちがしただろう。

助けたほうが感じた重みとは裏はらに、私がそのとき密かに想像したのは、引き上げられていく、無力な、わらのような身体の、観念的な軽さであった。言い変えれば、不気味な生の軽みのようなものであった。

島々

知り合いの人を訪ねて、初めて、宮古島、大神島《おおがみ》へ行った。沖縄本島のさらに南西に位置する島々だ。あれ以来、島の熱風が身体にしみこみ、中心に渦を巻いて、いまだ去らない。何に惹かれたのだろう。人と言葉、自然、風土、そこに流れる「気」や「時間」の感触。心の古層を掘り起こされたようで、それが驚きであり快感だった。旅を終えても旅は続く。島での時間を思うとき、源へとぐんぐんさかのぼっていく、一匹の魚になった気分だ。

「死」の気配が異様に濃い土地だった。ふわっと匂いがして、それが身の近くに来る。旅行客であるわたしを、驚くほどあたたかく歓迎してくれた人たちの目のなかに、わたしが見たのは、独特の「暗さ」だった。なんだろう、とても懐かしい、あの暗さ。

東京へ帰ってきて、島唄のＣＤをかけ、夏川りみの美声を聞いていると、揺れる「こぶし」に陶然となり、島の時間が戻ってくるのだったが、酔いがさめハタと気がつくと、まわりにも何人か、同じように沖縄の南島群に、夢中になっている人間がいた。世の中は、ここ十数年来、沖縄ブームなのだ。

わたしの行動は、いつも人より、十年遅い。いや、今度は、二十年か。このわたしに世間の波動が届き、なんらかの行動となって現れるということは、すでにかなりの人間が（それはもう、ほとんど日本国中といっていいくらいの割合かも）、沖縄あるいは沖縄が代表するような何かに、傾斜しているということである。わたしにはもちろん、流行に乗ったという意識はなく、偶然が重なって宮古島へ行くことになったのだが、この場合の偶然は、世間の中心を流れている見えない川に何かが触れてコトがおこる、そのような必然であると言ってもいいような気がする。南島をめざす心象とは、いったい何なのだろう。

奄美群島の加計呂麻《かけろま》島で幼少期を過ごしたという島尾ミホが『海辺の生と死』を著したのは、昭和四十九年のことだ。ブームなどとは無関係に、ひっそりと出されたであろうその本は、どんな経緯があったのか、その後、十数年を経て中公文庫に入り、さらに二十年を経て、わたしのもとへやって来た。これもまた、遅れた人間にふさわしい遅さで。南島のことを誰彼に話すうちに、ある女性が、この本、読んでみれば、とわたしにくれたのだった。

冒頭にあるのは、父母を語った文章だが、島尾ミホの両親というより、どこか、日本人の祖先と言ってみたくなる人々だ。あんな清潔な魂を持った人々は、もうどこにもいない。でもいたのだ。生きていた。そう思うだけで、幸福なものが心に満ちてくる。

沖縄芝居の役者衆が、海のかなたからやってくるとき、島の人間たちは、たいへんな歓迎で出迎えたそうだ。白粉を塗り「人間ばなれ」をした役者たち。芝居に涙をひたすら流したあとは、去っていく彼らと別れを惜しむ。子供たちは、いなくなった役者連をまねて遊ぶ。招きいれ、融合し、また別れる。そこには魂が、確かに触れ合ったという感触の深さがある。死の気配が濃い土地だと書いたけれども、人の輪郭をほどき、魂一個に揺り戻すような、そんな力が、南島の風土にはあるのかもしれない。

沖縄三泊四日

二〇〇八年三月の終わりから四月にかけて、沖縄本島へ旅をしてきた。旅の終わり、那覇空港へ戻る途中で、昼食をとるため店に入った。古い一軒家で、沖縄の家庭料理を食べさせるという。従業員が見当たらず、小柄な女性が、一人、奥と客間を忙しそうに往復していた。疲れているように見えたのは、実際、彼女が疲れていたからなのだろうが、かつての美貌を思わせる顔に、刻まれた深い縦皺のせいだったかもしれない。

昼どきからはずれた時間帯で、他には客もいなかったのに、彼女とわたしは目があわなかった。目があわないということは、ほとんど人間同士の接触とは言い難い。料理が出揃った時点で、その一つ一つについて説明してくれたが、おそらく何十年と繰り返してきたのだろう。言葉はすりきれ、こちらの心に到達する前に、ちぎれ、すべって、霧消した。盆に並ぶたくさんの小鉢のうち、どれがどれなのか。フーチャンプル以外、説明を聞いても何もわからない。

わたしは黙って聞いていた。意味・内容でなく、その言葉の調子を。調べだけとなった言葉のなかから、彼女の来し方の時間の粉末が、碾《ひ》き臼で碾かれてこぼれてくるようで、その調べは波音と波動が同じだった。

店は暗かったが、彼女も暗く、黒い盆に載せられた小鉢料理も、闇を食すような暗い色に満ちている。でも、それなのに、おいしかった。すぐに消化されて、いい便が出た。体にもいいのだろう。沖縄は暑いので、料理というと、炒めるか煮るか。ちなみにこの店のご飯は、赤い古米。

一昨年、訪れた宮古島では、友達が、一人暮らしのおばあの家へ案内してくれた。そこで昼食をごちそうになったのだったが、出されたのは、これも山盛りの野菜炒めのようなもの。食べきれず、残そうとしたら、友達がおばあに、「これ、とってもおいしいから持っていっていい？　うちに帰って食べる」と言う。おばあは返事もせず、帰り際、友達の手に、ビニール袋に入ったそれを渡した。なるほどと思った。そのあと訪ねた家でも、同様の歓待を受け、友達はそこでも食べ残しを持って帰った。彼女がその持ち帰ったものを、本当に食べたか食べなかったか。それは問えない。問うようなことではない。でも聞きたい。いや、答えは出ている。彼女はおそらく食べなかった。でも、持ち帰るより他に道はなかった。もしかしたら、おばあの方もわかっていたかもしれない。互いにわかっていて、そうふるまう。

おばあが料理した魚の煮付けに、はらってもはらっても蝿が群がってきたことが思い出される。蝿といえば、昔は蝿帳（はいちょうともはえちょうとも）。昭和三十年代、わたしの家にもあった。網の張られた食器棚で、簡易なものでは、帽子のようなカバー状のものもあった。料理に蝿がたからぬようにするキッチン用具だが、食べ物に関するものにダイレクトに「はえ」という言葉が使われていること自体、今も当時も、わたしには衝撃だ。

ところで、店の前にあったのが、古いガジュマルの樹。ひげのような気根を枝からたらすため、妖怪のような風貌として知られる。だがよく見ると、ガジュマルの幹が空洞で、まわりを別の木が覆っている。あれ？　と言って、木の幹をさすっていると、さきほどの無愛想な女性が出てきて言った。

「これは中身がガジュマルだけど、アコウがからみついて、ガジュマルをころした」

あとで調べると、確かに気根をのばすクワ科の樹木は、他の木に寄生してその木を枯らしてしまう「絞殺現象」を起こすことがあるらしい。ガジュマルもアコウもともも

にクワ科の樹木。だからガジュマルは、今は被害者でも、加害者になることもあると
いうこと。
　ともかく彼女はあの木のことを教えてくれた。料理よりも、そのことを伝えるほう
が、ずっと大事な仕事、というような声音で。

野性時代

今年も隅田川の花火を見に行った。

数年前までは、川沿いに住む、知人の家の屋上にお邪魔していた。そこは、打ち上げ会場を、目の前に控え、頭のうえに、花火が落ちてくるという、すばらしい場所だったが、知人ご夫妻が年を重ね、両人ともに病に倒れてしまった。次から次へと、知り合いの知り合い、そのまた知り合いと、花火見物人が増えたこともあって、対応できなくなったのである。残念ながら、会場は閉鎖になった。

格好の場所を失ったわたしは、少し前から、路上派になった。路上に敷物を敷いて見るのである。貴賓席からいきなり一般庶民席に移ったわけですが、文句は言いません。前が特別だっただけです。

とはいえ、路上派に苦労はつきもの。まずはどこで見るのがいいか。これについては、経験しか頼るものがない。よく見えたという場所を覚えておいて、次年度にいかす。

見えるといっても、ビルとかたるんだ電線とか電信柱など、必ず全体をさえぎるものがある。ところが、この介在物が見えなくなることがあるんですね。不思議だが、花火に意識を集中すると、花火をさえぎる電線が見えない、ビルが見えない。花火しか見えない。花火を見るのだという意志が、世界からそれだけを切り取ってみせてくれる。

というわけで、わたしはここ数年、欠けた花火でも充分、満足している。遠花火というものは、きれいだがしょせん他人事。花火はやはりすぐ間近で、音と絵を体感するのが好きです。

三歳以前の小さい子供は、どーんという音に、ほとんどが泣く。爆音ですから、本能的に、存在がおびやかされる音なのだろう。大人だと、同じ音に存在をけっとばされたようで、すかっとします。これが戦場だったら、たいへんなことですが。もっとも、昔は、わたしも子供に泣かれ、花火会場はほとんど戦場と同じだった。どーんとあがる。ぎゃーと泣く。どーんとあがる。ぎゃーと泣く。耳をふさぐのもかわいそうなので、赤ん坊をおぶって、ひたすら遠くへ（爆音の聞こえないところへ）、逃げる。

その姿は、自分ながらに、どう考えても、戦火のなかを逃げ惑う母子にしか思えなかった。

また、花火は、川面に設《しつら》えられた揺れる場所から打ち上げられるので、定位置が、年によって多少動くことがあるようだ。それで去年見えたのに、今年はよく見えないという状況が生まれることがある。開始前にあがる試し打ち次第では、席を移してさ迷うことになる。敷物を持ち、見える場所へと、自分を移す。自分が動く。動くしかない。これはあたり前のようだが、貴賓席では味わうことのできない、屈辱に満ちたすばらしい経験だ。人間はつまり虫のようなものであり、そうしてちょろちょろと動いて隙間を見つけ、そこで生きてやがて死ぬ。

あいつら、場所をはずしたぜ。そのような視線を感じながら、すいませんねーと笑顔で頭を下げ、新たなスペースを探し、もぐりこむ。人ひとり、ふたり、さんにんくらいなら、なんとかなるものである。

たくさん待っても、花火があがるのはほんの束の間。

この刹那に、莫大な労力をかけ、人間は死んでいきます。詩を書くことも、花火を見ることも、同じことだなと思ったりする。

派手なやつがあがると、うおーっと声と拍手があり、若いころは、みんなが同じ反応をすると、ぞっと鳥肌がたったものですが、今、花火に関しては、この連帯感こそがもりあがる。他人がよろこんでいるさまが、面白くてうれしい。

夏は夕立と雷と花火。からだの奥に眠る野性が、めりめりと甦《よみがえ》ってくる。

小さな儀式

風も行き止まるような不思議な空間に、古い一軒家を借りて住み、二年が過ぎた。

家人は名古屋のひとで、何か事を新たにするとき、風水師に相談することがある。二年前、この家に入居する際にも、子供の頃からの、なじみの風水師に伺いを立てた。なんでも驚くほど当たるひとで、真っ白い髪と髭を蓄えた、威厳のある謎の老人なのだという。謎というのは、時々、所在が不明になるからだそうだ。ひとには「土に帰る」、つまり、死に限りなく近づく時期が、生涯に五回ほどやってくるという。風水師は、自らその時期を察知して、前もって姿を隠すというのである。

ほんとかしら、と私は思った。血液型とか星座とか、私は占いの類をあまり信用していない。風水にも、格別、興味はなく、その実体は何も知らなかった。

しかしまず、方角が悪いと言われた。信用していない私も、悪いと言われると気分が悪い。心に影がさす。特に風水は、占いではなくて統計学なのだと追い討ちをかけられて、反発しながらも、不安が募った。しかし逃げ道も用意されていた。方違《かたたが》えといって、方角を改めて出直せばよい、というのだ。そして、家に入ったら、まず、火を起こせと。

火を起こすのか、と私は俄かに面白く思った。儀式みたいなものを、大人になってしまうと、大真面目に行う機会がない。心の奥のほうで、密かに子供のころの、わくわくするような気持ちが芽生えた。その風水師のおっさんの言に、素直に従ってみようと思った。

火とか、水とか、風などは、日常のなかで、常に何かに利用される形で私たちに見えている。ガスの青白い火だとか、茶碗や服を洗う水だとか、風呂の湯だとか。しかし、彼の言う、火を起こせというときの火は、媒介物のない、ただ、まぎれもない、「火」そのものなのである。原始、ひとが初めて起こした、源の火に繋《つな》がっていく。それが私には面白く思えた。

八月のお盆のとき、実家では、素焼きの皿に、麻幹《おがら》と呼ばれる木片を入れ、迎え火や送り火をたいたものだ。母や祖母は、そうして立ちのぼる煙に乗って、死者の魂が、この世とあの世を行き来するのだと言った。私が赤ん坊のころ死んだ、記憶にない祖父も煙に乗って現れるのか、と思った。そんな馬鹿な、とは子供の私は思わなくて、素直にそんなことがあってもいいような気がした。

火を起こしたあと、まだ煙の立つ素焼きの皿を、私は、またぐように、指示される。下半身の病を防ぐ、おまじないの意味もあったようだが、そんなとき私は、またぐもの、つまり、死者を冒瀆するような気がして、禁忌を犯しているような思いを持った。股という秘部を、またぐものの上にさらすという行為が、恥ずかしいものをさらす、ひいては、またぐものを汚すという感覚に繋がっていたのだろうか。

畳に寝ているひとを、またいで通り過ぎるようなとき、「失礼な」と、冗談めかして叱られた記憶がある。あるいはまた、玄関の敷居はその家の「頭」だから、決して靴で踏んではいけない、またぎなさい、と言われたことも。

幼少時、親からその類のことで、あまり何度も注意を受けたために、自分に対して平行に並ぶものすべてを――床の模様でも、畳の縁でも――禁忌として身体が感じ取り、踏みつけられずに飛び跳ねて歩いていたという友人がいる。何をしているのかと、親に見咎《とが》められ、その理由をも、自分の生命にまでかかわるタブーに思えて言えなかったというのだが、そこまでいくと、強迫神経症の類である。

しかし私にはよくわかる。他の民族がどうなのかは知らない。少なくとも、日本人には、この「またぐ」という行為のなかに禁忌と結びつく感覚が眠っている。

二年前、確かに私たちは、鬼門を避けて方角を違え、遠回りしてこの家へ向かった。そして、マッチで火を起こした。厳粛に、でもどこかユーセラスなおかしみをこらえて、小さな儀式を行ったのだ。そのお蔭か、大きな災難は起こらなかったし、私には、今まで生きてきて、もっともゆっくりとした時間が流れたと思う。

「うん、風水師によれば、確かにここは何かひとつのことを腰を落ちつけてやろうというひとには、とてもいいところらしい。でもね」

と彼が言った。

「でも?」

「ひとを、この土地にひきつける、強い地霊があるらしいんだ。よそへ行くな、ここにいろと、地面が命令しているらしい」

そのせいだろうか、私は家にこもって本を読んだり書いたりする日々が続き、仕事は随分はかどった。外出嫌いの私には案外心地いい環境だったのだ。一方、彼は職を失い、家に鬱々《うつうつ》とこもる日々が続いたではないか。同じ現象が、善悪の形で出たというわけか。そう思って眺めると、両隣も前の家も、なぜか、この界隈では、それも、男性ばかり、皆、どことなく生気がなく、昼間から家にこもっている。いや思い過ごしだろう。在宅の仕事なのだ。単なる偶然。それともやはり……。

「ちょうど、あれから二年たった。風水師に、更新しようかどうしようか、相談したいんだけど、また、彼の行方がわからなくなっちゃったんだ。また、土に帰る時期がめぐってきたんだな」

土に帰る、私にもそんな時期があったのだろうか。知らず知らずのうちに、敷居のように、死の危険をまたいで過ごしてきたのか。

サヨナラ、マタネ

日の入りの時刻に敏感になった。子供を保育園に預けるようになってからのことだ。東京では、ちょうど今頃の季節（晩春）だと、夏至に向かって段々と日が伸びていき、最長の日の入りが午後七時一分。七月四日前後を境にして、それ以降、次第に日が短くなり、九月の終わりには五時半を待たずに暗くなってしまう。

仕事に一区切りつけて、子を迎えに行く。このときまだ、周囲が明るいと、それだけで気分が軽やかになる。行く道を照らす太陽の光は偉大である。すでに日が落ちて真っ暗な季節だと、煌々《こうこう》と照らされた電灯の下、目をぎらつかせた子供たちが、早く！　早く！　迎えに来てと、手を伸ばして待っている図が浮かんでくる。もっとも、子供たちのほうは案外頼もしくて、心細いのは、本当は、親のほうかもしれなかった。捨て置いてきた自分の心を、こっそり取り戻しにいくような気分になって、保育園への道を小走りに急ぐ。

保育士さんたちは、私たちを、お帰りなさい、と迎えてくれる。子供たちは皆、かわいい丸い目をくりくりさせて、柵の向こう、小動物のように、お迎えを待っている。親から離れ、群れとなっている幼い生きもの。たくさんの瞳が、孤独な光を発しながら、一斉にこちらを振り返って見ている。なぜだか、毎回、ドキッとする。あの目に見られると、私はいつも、罪を犯してきた者のような気持ちになる。サヨナラ、マタネ。あちらこちらで、ひらひらと小さな手が舞っている。緊張がどっと緩むのだろうか、親を見たとたん、泣き出してしまう子供もいた。

球根

小学二年生の頃、「実験と科学」（確かそんな名前だった）という雑誌を毎月購読していた。ある月の付録が、水栽培のヒヤシンスの球根セットで、玄関の靴棚の上に置いて毎日育てたが、綺麗だなあとみとれた記憶がない。むしろグロテスクな花姿だと思った。

普通、土のなかに隠されてある根が、そこではあからさまになって水のなかで揺れていた。花はといえば、プラスチックでできているような、画一感のある青い小花だ。茎は棒のようで、風に揺らぐ風情もない。その人工性と畸形《きけい》性。密室で飼う植物には、ひそかに悪事めいたところがあった。

ところで、レモンでも、石のかけらでも、固まりというものには、すべてエネルギーが感じられるが、球根の固まりにも、必ず芽を吹き出してやるぞという、なみなみならぬ意志が感じられる。あのグロテスクな様相も、まるで植物界の政治家のようだ。球根に舌があったら、何をしゃべりだすだろう。風に飛ばされるはかない種子には、そんな野望めいたところはない。

発芽しない球根というのは、あるのだろうか。死んだ球根。もっとも外側からだけでは、球根が生きているのか、死んでいるのかはわからない。

かつてわたしは、ジャガイモから青い芽が吹き出したとき、驚いたが、それはわたしのなかでは、長いあいだ蓄えておけるモノ的なものとして位置づけられていたジャガイモが、じっと動かずに貯蔵されていたあいだも、実は刻々と生き続けていたということに、改めて気づかされたからだった。

生きているということ、育つということは、細胞が次々と変化していくことだが、その生命を生み出す源であるところの球根それ自体は、育ち、変化するということがなくて、最初からすでに完結したかたちを持っている。そこには、死から生が生ずるような、モノから生き物が生ずるような、連結の違和感、神秘と驚きがある。また、種子でなく、球根から咲く花に、どこか毒気があるのも面白いことだった。百合、チューリップ、クロッカス、蘭など。単純で明確な色彩、独特の花形、強い匂い、いずれも肉食めいた植物であり、容易に性器を連想させる。

蘭ぐるいになるひとがいるが、わたしにはその美がよくわからない。わたしはむしろ蘭がこわい。百合もこわい。まだ一歳に満たない男の子のおしめをとりかえているとき、その形から、陰茎を蕾《つぼみ》、陰嚢を球根と思ったことがあった。まだ、若く、やわらかく、そこに意志などを感じることはないが、この生殖器が、はるか遠い未来に、他者と出会い、やがて朽ちていくことを思って、心はひろびろと哀しくなっていく。芽を吹き出す前の球根の、不埒《ふらち》にも思える沈黙のなかには、この途方もない未来の時間が、先取りされ、呼び込まれ、蓄えられているように見える。

山岡くんの作文

「僕は天皇が嫌いだ」。中学生のとき、同級生の山岡くんが、こんなタイトルの作文を書いた。私は心底驚いた。「おもしろい作文は、教室の後ろに張り出しましたよ」。先生が言い、見ればそのなかに、山岡くんの作文はあった。

山岡くんは、普段は、ぼーっとしている小太りの男の子。その体格からして、当然のように体育が苦手。私の脳裏にいまだ残っているのは、跳び箱を飛べば、飛び越せずに尻をつく、鉄棒の逆上がりをすれば、お猿さんのように永遠に棒の下にぶらさがったままという、どんくさい一人の男の子の姿だ。

それでは勉強はどうかといえば、これもとりたてて目立たない。取り柄を見つけるのが、難しい子だった。だから、あのときの作文がなかったなら、私だって、山岡くんの存在を、そっくり忘れて生涯を終えたことだろう。まるで、山岡くんなんか、いなかったみたいに。

それにしても、同じ教室に席を並べる山岡くんが、こともあろうに、天皇のことを密かに考えていたとは、まったく思いもよらないことだった。

今、思い返すと、あのときの私の驚きには、なかなか複雑な味わいがあったと思う。まず、平凡な男の子と決めつけていた山岡くんに、こんな内面が深々と広がっていたという事実。けっして優等生なんかじゃない、なさけない男の子が、密かに粘り強く何かを考えている！　それは新鮮で快いショックだった。そして、誰もが、見えない内面を抱えていること、その内面に、普段は誰も触れることができないということに、生の不思議な秘密を見たように思った。

そのうえテーマが天皇のことである。考えることは自由だ、それを書き表すのも自由だ、しかし私は、その自由を本当に知っていると言えるだろうか（と、中学生の私は思った）。表現の自由など、言葉の上では当たり前の時代にあってなお、それを実践することには、飛躍の深淵があるように思う。その距離をひょいと飛び越えた山岡くんに、私は得体の知れぬ、鉛のような輝きを感じた。

さて、その作文の内容だが、もはや詳細をはっきり思い出すことはできない。なぜ、天皇というものが、今の日本に存続しているのか、なぜ、皇族は、あのような広大な土地を占有しているのか、そんな素朴な疑問から、作文は、書き始められていたと記憶する。

あれからほぼ、三十年近くがたった。このあいだ、駅の壁面に貼られた、天皇・皇后の写真ニュースを見た。都内の幼稚園を訪問されたときの写真で、園児たちにあわせて手をあげながら、お遊戯をしている。

そのとき、なにかとても奇妙なものを見たと思った。と同時に、なにかとても平凡なものを見たと思った。お遊戯をしていた天皇・皇后は、慈善訪問中の、ちょっとお金持ちの、一組の穏やかな夫婦。それ以上の意味と価値を、私には、どうしても感じることができなかったから。

「象徴」って何だろう。生きて感情を持ち、血の流れる一人の人間に、象徴という記号を与えるということは、一体全体、どういうことなのか。あの不思議な存在への違和に、私は一瞬深く貫かれて、午後のホームに、立っていたことを忘れない。山岡くんはあれからどんな生活を送っただろう。今も天皇について考え続けているだろうか。

II

水色のドレス

わたしたち姉妹がまだ子供だったころ、母はよく洋服をつくってくれた。いちばんの晴れ舞台はピアノの発表会で、当日の朝になってから、ようやく、しつけ糸がとれるということもあった。

そうしてつくることが前提にあるので、母は普段から、目についた布地を買いこんでいた。うちのたんすには、仕立て屋さんのように、巻かれた布、折りたたまれた布地がたくさんあった。そのうちのいくつかは、ついに服というかたちにならず、わたしたちも大人になり、母も年老いた。

それでもあまりに素敵で捨てられず、いまだにわたしが持ち続けている布もある。年月にすれば、二十年、三十年のつきあい。相変わらず、服にはならない。あるものは単なるカバーとなり、あるものはテーブルクロスになった。あるものは、そのまま、色あせている。思い切って処分してしまったものもないわけではないが、処分してもなお、心に残っているものもある。

女と布の結びつきは深い。

とりわけわたしが思い出すのは、古めかしい小花が不思議な色合いで描かれていた、アンティークの布地である。ものすごく中途半端な長さで結局捨てた。捨てたけれど、その材質や表情を、別れた人のように、思い出す。

布も、長い年月のうちには、いきもののような存在感を醸《かも》し出す。そうなってくると、むしろ、かたちなど不要であって、なにものでもなく、なんにでもなれる自在感が、逆に想像力をかきたてる。

しかし、家のスペースには限りがある。もし、わたしが歳をとり、身の回りのものをいよいよ処分するべきときがきたら、布については、全部でなくていいから、その一部分、つまり切れ端を取っておきたいと思う。

布はどんな部分も全体である。切り取ったところから、全体がわかる。そういう切れ端の見本帳を繰りながら、物語をこしらえ、ゆっくりと死に向かうのもいい。いや、そうなったら上出来だ。

だいぶ前、銀座通りに面した布地屋さんで、素敵な布地を求めたことがあった。シルクシフォンの薄く透けた生地で、色は黒。東洋的な百合の図柄が入っていた。

裏地をつけなければ着られない。つくるにしても、手間がかかる。そもそもつくる時間など、あるわけもなかったし、わたしには、そんな繊細な生地を扱う技術がない。それなのに、なにかふらふらと惑わされたようになって、その布地を買ってしまった。

それでもわたしは、つくりましたよ。恥ずかしいけれど、ウエストのところにゴムを入れただけの超簡単な筒型スカート。高級な布地に見合わないデザインだ。結局、つくって満足して、どこにもいまだにはいていっていない。布地はいいんですが、なんか、変なんです。


同じ銀座で、ごく若いころ、ドレスを買ったことがある。アルバイトをして貯めたお金で。そのとき、わたしは間近に迫った、発表会用の服を探していた。

東京の深川で生まれ育ち、買い物は、日本橋か銀座へ出ることが多かった。そしてそのときは銀座に行けば、素敵なドレスが見つかるような気がした。くたくたになるまで探し回った。けれどどこにも、これという一着がない。

わたしは頑固で、とても若く、とてもエネルギーがあり、丈夫だった。その一着が、この銀座のどこかに必ずあると信じ、あれでもない、これも違うと、今から思うと信じられないが、その日一日、あちこちの店を回り、ついに、その一着にめぐりあえたのだ。

シンプルでクラシックなデザインだった。襟もとは四角く、すっきりとあいている。なによりも布地がすばらしかった。薄い水色のシルクサテンに、同色の糸で、アンティークの薔薇の刺繍がされており、それが光の加減で、見えたり隠れたりする。

わたしは再び魔法にかかった。七万円の定価がついていた。当時のわたしにしたら(今だって)、莫大に高価なものであったが、試着すると、ドレスは重く、するりとすべって、わたしの体に、表皮のようにはりついた。ようやく、見つかりました！　とわたしは言った。たいへんよくお似合いですよ、と店員さんが微笑んだ。

家に帰り、母に告げると、そう、よかったわね、いいのが見つかってと、よく見もしないで、ほっとしたように言った。妹は、いいとか悪いとかを一切言わず、いかにもお姉ちゃんらしいドレスだわと。

本当に、わたしのための一着としか思えなかった。そんなふうに思った洋服は、今まで生きてきて、それが最初で最後かもしれない。

わたしはこの水色のドレスを、あらゆるところに着ていった。制服のように着倒した。演奏会はもとより、友達・親戚の結婚式、パーティの類。ほめられもしたし、実際、よく似合った。だがある日、突然、着るのをやめた。

サイズが入らなくなったとか、そういうことではない。いきなり、似合わないと感じたのだ。流行に左右されない、極めてシンプルなデザインだったので、デザインが古くなったということでもなかった。つまりわたしのほうが、ドレスからはみだした。歳をとった。そして清楚な水色が似合わなくなった。

コアビルのなかにあった店だ。地味で小さな店だった。個人がすべての洋服をつくっていた。ビルはその後、大改造され、店は消えた。

今、服を買おうと、街なかへ出ていっても、なかなか気に入ったものにはめぐりあえない。

実家を出て、東京の西部へ移ったので、今はもっぱら渋谷・新宿が買い物エリアだ。ここにはなんでもある。ないものはない。でも、どれもこれも、だれかがすでに着ている、だれかのためのものばかりで、わたしのための一着はない。

当たり前のことだ。わかっている。わかっていても、それを確かめて疲れて帰ってくる。

そんなとき、銀座だったら、とふと思う。銀座だったら、こんなわたしのための一着が、どこかの店にあるのではないかしらと。でもそれを、かつてのように一日かけて探しぬく力が、もはやわたしには残っていない。

穴

ある日の夕方、わたしは新宿のはずれにいた。車のなかに一人残って、家族が用事を済ませ戻ってくるのを待っていた。

都心部の駐車違反取り締まりはとても厳しい。数秒のあいだも、みのがしてはくれない。見知らぬ誰かに通報されることもある。捕まれば、万単位の罰金。重なれば、免許は取消。

しかしこうして、車のなかに誰かがいれば駐車とは見なされない。

わたしは車のなかから、外の風景を見た。目の前に一軒の古い本屋が建っていた。近頃あるのは大型書店ばかり。小さな本屋は珍しい。目を引かれた。

店名に花の名前がついている。ポスターのようなものが間口いっぱいに張ってあって、それが塞《ふさ》いでいて、店内がよく見えない。それでも隙間から、ぎっしりたち並ぶ本が見える。

見れば見るほど不思議な本屋だった。次々と客が入っていくのだが、それはみな、男性の一人客である。

一人の男が、本屋の前を通り過ぎた。過ぎながら非常にその本屋に興味を示し、引き返してきて、店の前に立った。ポスターを凝視している。ポスターには女の子が写っている。どんな女の子か、車のなかからはわからない。

けれど男は店に入らない。そのあいだ、幾人もの男たちが、自動ドアの扉の前に現れ、向こう側へ吸い込まれていった。そこから逆に出てくる男もいた。みな一人だった。

男はまだ、長く店の前にいた。迷っているのか、怖がっているのか。途中で携帯電話を取り出してみたりしたが、誰かと話すわけでもなく、ただ開いて見ていた。何をしているのだろう。躊躇《ちゅうちょ》というには不可解な態度。再び店のなかをのぞいて、入ろうとして、やっぱりやめて、結局、そのまま通り過ぎた。

いつかあのひとは、ドアの向こうへ行けるだろうか。

女だけが行く場所、男だけが行く場所、というものがあり、あの本屋は、はっきり男だけが行く場所だった。看板には本屋とはっきり書いてあるが、わたしはそこから隔てられていた。入ってくるなとは一言も書いていない。にもかかわらず、女のわたしは入ることができない。それがわかる。なんとなくわかる。

そのような空間は都市には無数にある。穴である。ある人間は、そこに至る道を見つけ、扉を開く。ある人間は、通路を見つけながら、入れない。あるいは入らない。そしてある人間は、その存在を知るだけで、最初から入店を封じられている。

新宿という町には、そういう穴がここかしこに開いている。モノのような目で眺めるとき、その穴の存在がわかる。そこから先、穴のなかへもぐっていけるのは、少々の金と勇気さえ持てばよいのか。いや、そのほかに、何かどうしても必要なものがあるに違いない。それが何であるのか、わたしにはよくわからないのだが。

店から出てきた男をつくづく見た。一度入ったから出てきたのだ。あたり前だが、新鮮だった。わたしが見ていることに、彼はもちろん気づかない。

「彼」はどこにでもいる。あらゆるところに。穴へ入り、また出てくる。虫のような無名の男。あまりに普通の男なので、見たとたんにすぐに忘れてしまう。

最期の声

　夕食のとき、二匹の小蠅が、キッチンのなかを飛び回っていた。わたしはテーブルに座り、それを見ていた。うるさいな、と思いながら。やがて、二匹はテーブルの端にとまり、とまったかと思うと、やおら、交尾を始めたのであった。

　最初は、偶然の重なりと見えた。その意味が、はっきりと分かった後も、わたしは、あれまあ、と思い、それを見ていた。

　街中で、犬が突然、交尾を始めることがある。はっとして、目をそらそうとするが、そのときそれを見ている第三者に気づくと、犬よりも、そのひとの反応を見てしまう。にやにや笑いながら見ている男などがいれば、その人は犬よりもずっと卑猥な感じがする。

　以前、タイのプーケットという小島に行ったことがあるが、屋台の立ち並ぶ、タウンの往来で、夜、犬が、堂々と交尾していた。雨季の晴れ間。白いシャツを着た、猫背・やせぎすの褐色の男が、よく光る孤独な目でその交尾を見ていた。少しも笑わない、乾いた視線。犬とひとが、等価値のイキモノとして土地の上に在った。

さて、小蝿の交尾だが、わたしはそれを、「交尾している」と目の前の夫に告げて、しばらく、じっと見ていたのであるが、見ている自分にはっと気がつき、咄嗟《とっさ》に出た言葉が、「ころして」というものであった。「ころして」という声を自分で聞いたとき、それはまぎれもなく自分の声なのに、なんというか、少し、違和感があった。

違和感を覚えつつも、こういうとき、わたしもやっぱり、「ころす」というところに行くのだな、と思った。自分の意志から出た言葉なのに、声のなかに露呈した、ひどく単純な響きに、わたしは少しショックを受けていた。

一方、夫は、「ころして」という要請を受け、ぞうきんを手に、一瞬のうちに、小蝿を覆い、彼らを窒息死に至らしめたのである。このときも、わたしは、当然と思いつつ、その結果に少しばかり動揺した。

なんでもいい、何かを誰かに命じたひとは、それが本当に、実行されたとき、なんらかの意味で、ショックを受ける。たとえどんなに小さな命令でも、自分の発した言葉の意味が、他者のなかでそのまま行為となってしまうこと、そこには傲慢な興奮と恍惚が伴うような気がして、それもまた、わたしに苦い後味を残す。わたしはおそろしい「権力」というものを、あのとき、こっそり使ったような気がしたのだ。

夜。ふとんのなかで、あれこれ思いかえすうち、きょうのできごとを作文に書くとしたら、タイトルは「小蝿の交尾」だなと思った。まるで、明日どうしても作文を書かなければならない、小学生のような心持ちだった。

「小蝿の交尾」という書かれない作文のタイトルは、わたしのなかを、しばらく小蝿のように、飛び回っていたが、そのうちに、わたしは、眠りに落ちてしまった。

その夜、わたしは奇妙な夢を見た。ある日、あるときの日曜日の昼間。わたしは、あるひとと、まさにこれから行為に及ぼうとしていた。階段のある古い二階家の、その階段の途中である。不自由な場所で、二者の肢体がかける重みは、階段をぎしぎしとうならせていた。

そのとき、耳をつんざくような巨大な音がして、家の呼び鈴が鳴ったのである。無視してもよかったのに、わたしは、居留守がへただ。そのような自分を、偽善的だと思うものの、夢のなかでも、行為を中止して、身なりを整え、はい、と返事して、ドアを開けた。

するとそこには、知りあいの男性が、にこにこと笑いながら立っていたのである。

「いやあ、近所まで、来たものだから、このへんかなあ、と思って」

ひとの家に、予告もなく直接、訪ねてくるようなひとには見えなかった。しかし、そういうことをされてみると、急に、そういうことを、もともとしそうなひとにも思われた。ぬっと現れ、しかも健康的な笑顔をたたえている。どこから見ても、善人という雰囲気に、生理的な嫌悪感をきゅうに覚えた。もしかしたら、このひとは、わたしの行為のすべてを、どこからか見ていたのではないだろうか。一瞬、そんな気がしたのはなぜだろう。

性交の中断。

目覚めたあと、脳に、刀でも刺し込まれたような、なんとも不快な後味が残された。わたしはこの夢の隅々を、ほとんど現実のできごととして、反芻し味わった。夢の戸を突然、叩く者として、なぜ、「彼」が、選ばれたのか。訪問者としての彼を通して、何かの力が働いたように思った。親和を引き裂く斧《おの》のような力。それは理不尽な暴力だった。あのときの呼び鈴は、ひとつの行為を、明確に中止させる権力として鳴った。

昔、似たような経験をしたことがあったが、それがいつのどんなことであったのか、思い出せない。奇妙な不安が、広がった。そして、咄嗟に、交尾中であった、昨日の小蝿らのことを思い出したのである。

彼らは、ぞうきんで押しつぶされる一瞬前、自分たちの最期を直感しただろうか。そのとき彼らがあげたかもしれない、「あっ」という幽《かす》かな二重の声。そこにわたしの声が重なって、遠くから響くのを、わたしは聞く。

痛みについて

私は痛みに弱いと思う。身体も神経も丈夫なほうなので、痛みについての経験が浅い。例えば私は注射が怖い。採血の際のささやかな痛みさえ、想像するだけで憂鬱になる。

「少しちくっとしますよ」。採血をする看護士さんたちは、必ずそんなふうに痛みに対する前情報を与えてくれる。何も言われないよりも気が楽になる。想像上の痛み、それから現実の真実の痛み、と、痛みが二段構えでやってくるからだろうか。痛みには、ある種の想像力が、確実にクッションになってくれると思う。

私はまた、虫歯を持ったことがないので、歯の痛みというものを知らない。「虫歯の痛みを知らないひととは、友達になれない」という一文を誰かのエッセイに見つけたときは、だから大変、複雑な気持ちになったものである。苦しみや痛みを分かち合い、慰めてくれるのが友だ、ということだろう。しかし一方には、苦しみでなく、喜びをともに喜んでくれるほうが、本当の友だという格言もある。確かに、痛みを通してひとと結ばれるよりも、喜びを通して結ばれるほうが、難しいことかもしれない。

　他者の痛みを正確に想像するのは、とても難しい作業である。他者の痛みを前にすると、どんな言葉も嘘に感じられる。抱きしめたり、無言で対したり、（例えば）一万円をそっと握らせたり、そんな具体的な行動のほうが、あるいは何もしないという無為の行為のほうが、ひとの痛みに対する、真摯な態度といえるのではないか。

　先日、四十二歳にして、初めての出産を経験した。出産の痛みといえば、あの有名な「陣痛」である。この際なのだから、この陣痛の痛みというものを、じっくり味わってみようと、私は思った。確かにたいした痛みであった。

　苦しみながらも、最初に考えたのは、私に、この痛みが来るのでなく、私の方からこの痛みに乗って、痛みそのものと一体化してしまえばいいのではないかということだった。病気がちな友人から、痛みに対しては自分を全開にすること、痛みそのものに没入してしまうと、それが痛みであることすら忘れてしまうよ、と何やら宗教的な境地のアドバイスをもらっていたので、私も痛みに我が身を任せてしまおうと考えた。それにしても、たいした痛みであった。

苦しみながらも、次に考えたのは、菜の花畑のことである。少し前に偶然、写真で日本の美しい風景を何枚か見ており、そのなかに菜の花畑の一枚があった。海や川や砂丘や山や桜や巨木の写真もあったが、あの痛みにつりあうのは、なぜか菜の花の「黄色」であった。黄色という色は、きつい色である。それにしても、たいした痛みであった。

苦しみながらも、最後に考えたのは、これは巨大なうんこをするようなものなのだ、という、錯覚を利用した痛みの軽減方法だ。余裕というのとは少し違うのだが、そう思ったとたんに、あはははは、と身体が笑った。それにしても、たいした痛みであったけれど。

うーん、うーん、となっているうち、にわかに分娩室があわただしくなった。頭が出てきましたよ、という声がした。いきんで、いきんで、という声が続き、やがて赤ん坊の泣き声が、鮮血のように股間からあがった。痛みがすーっとひいていった。涙が流れ、分娩台には、流木のように流れついた私が、ごろりと脱力して横たわっていた。

大きなひと、小さなひと

子供の頃、近所のお兄さんから、表紙のカバーがとれたぼろぼろの、小川未明の童話集を貰った。大切にしていたはずなのだが、今、本棚を探してもどこにも見当たらない。何度かの引越しを繰り返すうちに、どこかで紛失してしまったらしい。しかし心の古層に残る、お話のイメージは鮮烈である。

未明の童話は、幼年そのものの原色に満ちているが、本当は幼年時代にある者でなく、一度そこを通過した大人の方にこそ与えられるべき、官能的な贈り物ではないか。読んだだけで微熱が移るような気がした「金の輪」、呪いにみちた「赤いろうそくと人魚」、そして、私が特に好きだったのが、「牛女」という一篇だ。

先日、川上弘美さんの『ゆっくりさよならをとなえる』というエッセイ集を読んでいたら、そのなかの「わからないことなど」と題された一篇に目がとまった。「体が大きい。大女なのである」と始まる文章だ。とっさに未明の「牛女」に思いが飛んだ。こう書きながらも、改めて考えてみると、実は、「牛女」のストーリーをすっかり忘れている。いったい、どんな話だったのか。ただ、覚えているのは、「大きくて無口で優しい女がいた」というイメージである。

ところで私自身は、小柄である。名前も小池だし、両親も小さい。祖父も祖母も小さかった。小さいことが、ずーっと続いているのである。

もう少し背が高かったらいいのに、と思うこともあるが、でも私は、自分の大きさというものを、実はほとんど意識したことがないのだ。小さいといわれると、そうなのかと思うだけ。小さい小さいといっても、日本はここ何十年くらいか、まだ私くらいの小ささが基準になっているので、私もこの枠のなかに収まって、安穏と暮らしているためだと思う。

その点、大きな女は大変である。川上弘美さんも、衣服や靴、家のサイズでは、結構苦労をしているらしい。このエッセイ集には、枠のなかに収まろうとして、どうにもはみ出してしまった手や足や気持ちが書かせたような、せつない、いい文章が一杯つまっている。その源には「羞恥心」がある。やっぱり彼女は、平成の牛女だ。私は勝手にそう思った。

　エッセイの最後の方では標準からはずれたものとしての奇形を捉え、「どんな人も長年なにがしかの奇形性を持ちながらえているのに違いないのだ」という面白い視点が書き付けられている。私もまた、自分の身体というものには、様々な違和感、奇形性を感じつつ成長した。子供の頃から、顔は雀斑《そばかす》だらけだし、太れない体質で、手足がとても細かった。色も浅黒く……幼少時、私についたあだ名は、ソバカスピッチーとかガイコツとか、皆、身体的な特徴につけられたものばかりだった。自分のなかの「醜さ」と思える部分を、認め、凝視したり、あるときはそこから、目をそらしたり。そんなことをしながら、自分の身体とつきあってきた。そして今も、つきあっている。

　そうした我が身の奇形的部分とは、自分の身体であって、同時に他者のような部分である。他者のようであって、その部分こそが、実は私そのものといえるような部分なのである。

　更にいえば、ひととひととは、案外、こうした互いの奇形性を接点として、つながりあっているのではないか、とも思えるのである。

野にすわる

高原にやって来た。石の上に腰を下ろし、ぼんやりと、野の花や草、虫の世界に身を浸す。アア、静かだ。

ヒトとモノにぎっしり囲まれていた、日常世界が遠のいていき、自分の視線が、次第に低くなっていくのがわかる。ウワア、綺麗だなあ。普段、町なかでは見ることもないような、美しい幾何学模様の甲虫がいる。名前を知らない野の花が揺れている。そのなかに潜り込んでいる大きな蜂。後ろから見ていると、どこかのおやじさんが穴掘り工事でもしているみたいだ。小さなものたちをじっと見つめていると、そこを入り口として、ひとは思いがけなくも、別の世界へ裏返ってしまうようだ。

それでもふと、いつもの我に返る瞬間がある。すると途端に自分が野の、異物であるかのように感じられる。普段、私が暮らす世界から、小さな生き物たちの生きる野の世界へ、自分自身の身が、もれているような感じ。悪い水がもれるように、臭気がもれるように。肉体を意識せず、我を忘れて野を見つめていたとき、私は、野の一員で有り得たのに、肉体を意識した途端に感じたのは、自分が野に、はみだし、割り込んでいるような、居心地の悪さだった。

八木重吉という詩人は「わたしのまちがひだつた／わたしのまちがひだつた／こうして　草にすわれば　それがわかる」という短い詩を書いた。有名な詩だが、私は、あまり好きではなかった。随分簡単に、自己反省するひとだなあと思って。それに、まちがいだったなんて言われると、どこかに「正しい」ことがはっきりとあるようで、お尻がむずむずと、落ち着かないではないか。

しかし、私も、きょう、野のなかにすわってみて（そして、私は、決して反省などしなかったのだけれど）、少しはこの詩人に、寄り添ってみたいような気持ちになった。

野にあって、なおも我《が》を持つヒトとしての存在に、この詩人もまた、違和と羞恥を覚えたのかもしれない。野原というところは、形而上学的なヒントに満ちた、不思議なねじれのある空間のようである。普段は凸型に存在している我《われ》を、凹型の存在としてとらえ直す。静かな視点の逆転が起こるのだ。

もう一人、アメリカに、マーク・ストランドという詩人がいて、こんな詩を書いたことが思い出される。

野原の中で／僕のぶんだけ／野原が欠けている。／いつだって／そうなんだ。／どこにいても／僕はその欠けた部分。／／歩いていると／僕は空気を分かつのだけれど／いつも決まって／空気がさっと動いて／僕がそれまでいた空間を／塞いでいく。／／僕らはみんな動くための／理由をもっているけど／僕が動くのは／物事を崩さぬため。〈『犬の人生』（村上春樹訳・中央公論新社）訳者あとがきより「物事を崩さぬために」〉

　自分が存在していることによって、その分だけ野原が引っ込んでしまっている、欠落を元通りにするために僕は動くという、幽霊が書いたような不思議な詩だ。人間がこの世に存在し、空間を占めることの悪。この繊細な一篇には、その悪を消毒する薬品のような匂いがする。

中間に満ちる磁力

高校時代、オーケストラ部に入って、ビオラを始めた。学校に備え付けの楽器が揃っていて、最初はバイオリンをやろうと思ったのだが、出遅れてしまい、ビオラしか余っていなかった。ま、いっか、と付き合い始めたのだが、結果として私は、すっかりこの楽器に魅了されてしまった。音域で言えば、バイオリンとチェロの中間。大きさも中間。この中間に浮いた感じが、なんともいえない。血の通った、しかも内省的な人間の響きがする。肉感的な官能性もある。内臓的な音といっていい。

ガース・ノックスという現代アイルランドのビオラ弾きは、こんなことを言っている。「(ビオラには)一目ぼれでした。五歳で魅了され、最初は小さいバイオリンで練習、手が大きくなるのを待っていた。……ビオラ特有の、エアー(空気)のような音が何よりも好き」と。この言い方も、私にはよくわかる。みっしりと湿った音も出せる楽器だが、一方でまた、気泡をたくさん含んだ音が、神秘的に響くのもビオラの特徴だ。空気とはまさに、この世の中間に浮いたもの。そこに確かに在るのだけれど、どこにも所属しないで漂っている。そういう在り方は、「詩」にも通じる。

ビオラの名曲は結構あるが、なかでも私は、ブラームスの二つのビオラソナタが好きだ。頻繁に聴くわけではない。気が向いたときだけ集中して聴いて、またぱたっと聴かない。そんなことを繰り返している。この名曲が、耳というよりも心、心というよりも骨にしみいるようになってきたのは、三十代後半を過ぎてからのこと。人生の中間期に浮かんでいる者に、とりわけ響くメロディーなのだ。

若い頃から比べると、自分の声が、低く図太くなってきたような気がする。声というのは精神の表出。気が付けばビオラの音域に、自分の精神的な音域が重なってきた。ビオラを聴くと、我が内なる声が外側で鳴っているような驚きがある。だからビオラソナタを聴くと、もうひとりの自分が、少し離れたところで歌っているような気持ちになる。生身が背負うのは、もっぱら苦しみだが、その苦しみに共鳴してくれるのも、ビオラという楽器の声である。あの声を聴くと、自分の荷が、一瞬、軽くなったような錯覚を覚える。

歌声

中庭に面した大学の教室の、窓という窓は開け放たれていた。そのひとつから、降ってきたのは、神々しい男声合唱の声だ。熟した声でなく、また、幼なくもない。二十代になったばかりの青年たちの、みずみずしくよく冷えた、さびしい秋の梨のような声。と、こう書いている自分が、なんだか、薄汚れた人間であるような気がしてくる。実際に汚れ、疲れきったわが身だが、その声によって、一瞬、清められたかと錯覚した。ちなみに彼らが歌っていたのは、中世の聖歌のようだった。わたしはふと足をとめかけ、でも、そんな自分が少しはずかしく、変わらぬ速度で、中庭を横切ったのでした。だんだんと遠くなる声を背後におしみながら。

　むかし、尾崎豊の「歌声」が好きだった。声のなかみが真空管で、思惑とか計らい、伺い、みたいなものがまるでない。透明な青い、ケダモノの声。しびれましたね。あの声には。でも彼は死んだ。もっとも、彼が死んでも、わたしは彼の「声」が好きだったので、彼が死んだという感覚が薄い。声は魂みたいなものだから。彼の肉体は地上のどこにもなく、ない肉体から声はしないが、かつてあった肉体の「存在感」は消えない。わたしはいま、「存在感」ということばを、初めて使ったような感覚にうたれている。存在の感覚。存在感。そう、存在って、そこにその人の肉体がなくったって、ある。存在って、なんだろう、在るってことは。尾崎豊の声を思い出すだけで、わたしは彼でなく、彼の「存在」を感じる。それは手でつかめるようなものではもちろんなく、目で見るようなものでも、もちろんない。むしろ、「耳を澄ます」といったような態度によって、ようやく向き合える何かである。存在に耳を澄ます……声を思い出すこととは、そういうことだ。

生きてるひとで、しかも男で、いちばんいい声だと思うのは、ここ二十年近く、私のなかでは変わらない。それは井上陽水というポップスターの声。彼は男だが娼婦のようであり、あらゆるひとを飲み込んでしまう、ヴァギナのような声をもっている。ぐにゃぐにゃしているのに、はりつめていて、汚されても汚されても本質が汚れない。しかも彼は、尾崎豊のように夭逝《ようせつ》などせず、しゃらしゃらと生き延び、おじさんになっても声がクリアだ。なんだかずるい。人間ではないのかも。確かにその声には人間の匂いがしない。

　ビリー・ジョエルの、あれは彼が五十か六十くらいのときだったろうか、ライブ録音を聴いて、わたしは心底、がっかりしたことがある。別の魂が、ピアノの前に座っているとしか思えなかった。声って変わる。生きることによって。ビリー・ジョエルの声が、透明なエキスを完全に失ってしまい、他の声とまるで見分けがつかなくなってしまったというのは、ただ、冷酷な現実として、そのとき、そこにあっただけ。非難すべきことでも、同情すべきことでもない。受け入れなければならない、ひとつの現象にすぎない。そして、そのことは、ビリー・ジョエルが、確かに人間であったことの、むしろ、証だ。だから陽水がいよいよ化け物に思える。

　この短い文章は、「わたしの愛する三つの……」というテーマに答えて書いた。尾崎豊、井上陽水、あとのひとりは？　このあいだ、沖縄の宮古島へ行ったんですが、島の最東端にある灯台のそばで、高校生くらいの男の子が、三線《サンシン》をもって、ひとりで島の唄を歌っていた。あれはいい声だったなあ。

素の爪

ちあきなおみ、歌ってくれないかとは、多くの人が思ってきたが、でももう歌わないだろうと、同じ数の人が思っている。昭和四十七年、この人は「喝采」という曲を歌って大ヒットさせた。この年の二月にはあさま山荘事件、四月に川端康成が自殺し、九月には日中の国交正常化。高度経済成長期のピークである。わたしは地元の中学一年生。頭のなかで、さまざまな妄想をふくらませていた。学校は監獄。日当たりの悪い、狭いコンクリートの校庭。音楽だけが心の救い。家では日本の歌謡曲とクラシックとビートルズ。「レット・イット・ビー」のシングル・レコードを、昭和的4チャンネルのステレオで。

「喝采」を歌うちあきなおみは、かなりイケてるおばさんだったが、今、計算すると、当時、彼女は二十五歳。分厚いつけまつげの、濃厚なステージ用メイクの一方、マイクを握る指の爪にはマニキュアも施されていない。あの繊細な指と素の爪、わたしのなかでは、ステージを降りた今の彼女に、まっすぐ繋がっていくものだ。

独特の声を持ってて、歌は当然うまくて、恥骨にこつんと響くような、官能的なリズム感があって、仕事もおそらく、一生懸命していた。けれど、かすかにその仕事を嫌悪していて、こんなこと、最低なのよって顔をして歌っていた。結婚後、「洗濯機のなかで洗濯物がぐるぐる回るのを、じいーっと見てるの」とテレビで話しているのを見た。たいへん虚無的な話だと思ったが、彼女はすごく幸せそうでもあった。処女だったわたしは感じ入った。結婚の本質を見たような気がして。

「喝采」は、昔の恋人の死亡通知がステージに届くという内容で、彼女の実人生が歌われたものらしい、と当時は言われていたけれども、それは嘘。彼女は歌を演じていた。ああ、こんなこと、早くやめたいのよ。虚無を抱えた人だからこそ、最高のコメディエンヌにもなれたのだろう。

窮屈なときは踏み外せばいい

ひとはどうやって「逸脱」を学んでいくんだろう。逸脱、なんだか難しい言葉だ。原理、原則から、それたり、はずれたりすること。そもそもこんなこと、学ぶことではないのかもしれない。でも逸脱を知らない人生は、ひどく窮屈でがんじがらめだ。そして、逸脱するためには、まずは原理、原則を知らなくちゃならないということもある。

お風呂屋さんで、小さな子供をたしなめながら、お母さんが言っていた。あのね、おしっこはトイレでするものなのよ。お風呂場はおしっこする場所じゃないんだから、入る前にトイレでおしっこしてきなさい。——それを聞きながら、わたしは突如、小さな子供の頃の時間に引き戻されてしまう。

海水浴に行った房総の海。尿意を催し、我慢しきれなくなって、初めて海へ放尿した瞬間のこと。わたしの身体から、あたたかいものが許されるようにほとばしり、それは海の水の冷たさと混ざりあって、とりかえしがつかない、不思議な快感をわたしにもたらした。ああ、そういえば、わたしは恥ずかしながら、ずいぶん大きくなるまでおねしょが直らなかったのだけれど、おねしょの瞬間にも似たものがある。深い絶望感と禁忌を破った解放感。身体の奥のほうに、今もあのときの感覚は眠っている。

また、あるときは幼稚園で。わたしは小さい運動靴を履き続け、かかとに血豆を作ってしまう。それが潰れて皮がむけ、ひりひりとしてひどく痛い。痛みも感じないほど、遊びに夢中だったのか、痛いということが表現できなかったのか、今となってはわからない。そのとき先生は言った。こういうときは、我慢しないでかかとを踏めばいい。踏み潰しなさい。――ああ、そうか、窮屈なときは踏み外せばいいんだ。そのとたん、回りの垣根がふわっとはずれ、わたしは少し広い場所へ押し出された。

その後、今に至るまで、人生の様々な局面で、窮屈な思いも様々にあったが、そうはいってもそう簡単に、踏み外すことなどできるわけもなかった。はずれよう、はずれようとして、はずれるということもなかった。気がつけば、いつのまにか、踏み外していたというのがわたしの現実。きっと今も。だから詩を書くなんてことを、いまだにやっているんだろう。時々、振り返って、自分のかかとのあたりを、探るような気持ちになることがある。知らないうちにまた、血豆を作っているのではないかと。わたしのなかで、逸脱することと血豆をつくることとは、いつのまにか、セットになっているのだ。

不揃いゆえの楽しさ

仕事でソウルに出かけた友人から、「階段」についてのメールが届いた。食事がおいしいので、ついつい食べすぎて太ってしまったという彼。毎朝、町を走ることにしたらしいのだが、階段をかけ上がったり、かけ降りたりしているうち、段差がばらばらであることに気がついた、というのだ。微妙な高低があるので、次はこうなるという予測が身体にたたない。当然、あれっ？　という連続になる。最初は走りにくいなと思っていたのに、いつしかその不規則なリズムが、快感になってきたというのだから、面白い。今では新しい階段を見つけるたびに、上りたくなってしまうという毎日らしい。

日本の都市に暮らしていると、段差なんて、一律なのが当たり前のように思っていた。当然、そのリズムが、私たちの身体にも登録されているはずだ。東京からソウルへ。リズムをかき乱され混乱している、彼の愉快な息遣いが聞こえてくるようで、でこぼこの階段を、私まで一緒に、かけ上がっているような気分になった。

何年か前、人間ドックで、不整脈を指摘されたことがある。心臓の拍動が一定のリズムを刻まず、ところどころ不規則なところがあるという。まあ、あんまり心配はいりませんが、というお医者さまの言葉にほっとしながら、自分のなかに、そんな不規則なリズムが刻まれていることを、かえって面白く思ったものである。

私たちの持つ時計の針は、どこまでも規則的に、前へ前へと時を運ぶが、振り返ってみれば、人の時間は、淀んだり、止まったり、非常に早く流れたりと、不規則で不揃いであるのが実感だ。むしろ、生物の時間の流れとしては、こちらのほうが、自然なのではないか。

でこぼこのリズム、揃わない調律、ばらばらな配置、掛け違える瞬間、そんなことの集積が、生そのものであり、だからこそ、あらゆる「一致」の瞬間が、稀少なものとして感受されるのだろう。

このあいだ公園を歩いていて、地面を覆う落葉に足が止まった。葉はどれも、あっちを向いたり、こっちを向いたり。方向もばらばら、裏表もごちゃごちゃ。葉の舞い降りたその位置は、偶然であるのに必然のような確かさ、必然でありながら、どこまでも自由だ。その、不揃いの一瞬の調和に、ああ、今ここ、この光景を一枚の布に織り上げたいと思った。

節分の夜はお菓子が降る

鬼はソトー、福はウチー。父は叫ぶ。背筋ののびた、つややかな大声。舞台にあがった俳優のようだ。子供だったわたしは、ちょっとはずかしかった。三十年前の、東京・下町でも、節分の夜、ほんとうに叫ぶひとは、もう、あまりいなかったから。家の、すべての窓は全開にされ、父の声が、静かな町並みに響き渡っていく。どの部屋も、冷えた二月の夜気に、すっかり浸された。

窓を全開する。しかも、夜に。そのことが、いつもの家を、まったく別の空間にしていた。鬼はソトー、福はウチー。そのとき、家は内側からめくれあがり、不思議な変容をおこすのである。窓という窓をすべて開け放つという行為には、こうして、はっきりと、狂的なものがある。出ていくものと、入ってくるものの、目には見えない対流がおこる。鬼のようなものはほんとうに外へいき、かわりに福が入ってくると、子供のころ、わたしは固く信じていた。

「儀式」が終わるとほっとした。窓がしっかり閉められると、家はなめらかに「内側」を取り戻す。今度は、閉じた家のなかで、その夜、二番目のイベントが始まる。そもそもはわたしが生まれるずっと以前に、祖父が考えた行事らしい。一番広い部屋に、わたしたち子供ら、母、祖母、おじ・おばたちが大集合。電気が消され、真っ暗闇のなかで、父が、ふたたび、鬼はソトー、福はウチーと叫ぶ。そのとき、わたしたちの頭上に降ってくるのは、豆にまじったチョコやキャラメル。おせんべいもあるし、時に珍しい高価なお菓子も入っている。言ってみれば、暗闇のなかの、お菓子のつかみどり大会。その年毎に、降ってくるものは少しずつ違った。ものがばらばらと畳を打つ、角のまるい、鈍くあたたかい音は、今もわたしの耳の奥に残る。

途中、「あかりタイム」と称して、一秒か二秒のあいだ、これも父の手によって、ぱっと電気がつく。闇のなかに走る、一瞬の電光。落ちているものの風景が一気にあばかれる。そのとき同時に、闇のなかの、みんなの姿態もあらわになった。四足になって、畳のうえ、みな、イヌのようにぶざまである。夢中になって拾っているうち、畳に膝小僧がすれて痛くなったりもした。

父が神のように、上からものを撒き、我々はそれを、いっしんに拾う。その図は、撒かれるほうにしたら、なかなか屈辱的なものでもある。「ギブミーチョコレイト」を想像しないでもない。闇のなかであがる歓声のなかにはどこか少し被虐的な味もあり、そういうことを言葉にできない子供には、ただ、生々しい、不思議な感情の塊が残った。暗闇のなかでは、まだ若かったおばやおじの、体のどこかに触れることもある。誰かは知らねど、おでこもよくぶつかった。人工的な真っ暗闇は、子供にとっても、大人にとっても、胎内以来の、ひどく官能的な空間に違いなかった。

親戚じゅうをまきこんだ、そのおかしなイベントは、けれども、ある年からきゅうに行われなくなった。いつ、なぜ、とりやめになったのかは記憶にないことだが、子供が大きくなれば、自然消滅するのが相応《ふさわ》しいような行事である。子供だったわたしには、確かに興奮をよぶ行事のひとつだったが、それよりも、降ってくるお菓子に叫び声をあげている大人たちの、嬉々として奇妙な姿態のほうこそ印象的だった。意地悪なおばも、やさしいおばも、しらけたおじも、謙虚なおじも、みな、目の奥を、きらきらときらつかせて、畳のうえを、一体の動物のように徘徊した。やがて電気がつき、おしまいになると、彼らはみな、一様に昂揚しほてった顔で、目元のあたりが色めきたっているのだ。暗闇の興奮が残したものである。子供より、よほど、大人たちが楽しんでいた。それはまた、わたしにとって、どこからみても「昭和」の光景である。

節分の日の翌日は、まだ、家の隅々に、撒かれた豆が、散らばっている。なぜか、あの豆、汚い感じがしない。からりと乾いて神聖で、拾って食べるのも平気だった。撒かれたお菓子を入れたビニール袋は、たらちねの母の乳房のように、ずっしりといつも重くたれている。案外、いつまでも減らなかった記憶がある。それでもいつのまにかしっかり食べきって、そうこうするうち、二月は終わる。こうして思い返す節分は、わたしにとって、神的なものと、生々しく動物的なものとが、奇妙に混ざり合った一夜である。

箱の中身

ケーキをいくつか買ってひとに持っていく。モンブランにショートケーキ、サバラン、レモンタルト……。

箱を開ければ、その一つ一つが、人の顔のように輝いて見える。ケーキの並んだ白い箱は、まるで閉ざされた社会のようだ。どのケーキが誰のもとへ行きつくのか。そこには予想外の感情の取引き、分配と贈与の一幕劇が展開する。

大人になった今でも、ケーキを見ると、心ときめき、箱の中身に、幻影や思惑を膨らませてしまう。

父が甘党なので、実家へ帰るときは、ケーキのおみやげを買うことが多い。一家の主という厳格なイメージが、すべての父から失われて久しいが、ケーキの数だけを見るのならば、我が父はいまだ父の威厳を保っている。なにしろ、父の分だけは、母も妹も私も、いつも、二つか三つ、余計に買い求めるのだから。

要求された記憶はないが、父というものは、ケーキを二つ以上食べるものであるという、暗黙の了解が私たちにあった。女たちは勿論、一個ずつ。ケーキは好きだが、二個も三個も食べるものではないという思いもある。こう考えてくると、結局、どちらが大人であり、主であるのか分からなくなってくる。

箱の中にばらばらなケーキがあるとき、「好きなのをどうぞお先に」と性格のよいひとは、選択権を譲る。私には、なかなかできないことだ。いつかこのせりふを使えるときが来るだろうか。

苺のショートケーキが、私はなんといっても一番好きだ。しかしショートケーキというものは、なぜか一箱に一つということが多い。幸いにして、我が取り分となったときは、とても嬉しい。人生の目的を、確実になしとげたという充実感に満たされる。

しかし一座のなかには、私が得たかわりに、あきらめた者がいるかもしれない。その気配を頬のあたりに感じながら、白いクリームにフォークを入れるとき、一抹の苦さを含んだショートケーキは、一層甘く、悪魔的においしく、私の舌のうえで、とけていくのである。

そこまで思うのなら、好きなだけショートケーキを買ってきて食べればよいものを。そうしないのは、どういうわけか。

楽しみというものの真髄が、それを得たあとでなく、あくまでも、得る過程にこそあると知ったからだろうか。それとも、あらゆる面において、心に少しの不足感、あるいはその可能性を、いつも残しておくことが、まるで幸福になるための練習のように、いつしか私の習い性となってしまったというのか。

満たされた後の不安よりも、満たされる前に宿る愉楽を、いつから、選ぶようになっている。そして実際、現実は、私にそこから生じる不足こそを、いとおしむようにと迫ってくるのである。

浅草に行くと、時々のぞく、古い洋菓子店がある。のっぽの店員のおじさんが、「いらっしゃいませぇ」と独特のだみ声を出す。

ショーウィンドウのなかには、お洒落な流行から二歩くらい遅れた、頑固で懐かしい風情のケーキが、ゆったりと並んでいる。この店ではサバランを、なぜかサバリンという。サバリンか……。その名称を、行く度に黙読して安心する。おなかも心も不思議に満たされて、そのまま買わずに店を出ることもある。

湯気の幸福

秋は、炊き込みご飯の季節である。栗ご飯、茸ご飯、ヒジキご飯。出回り始めたカキも炊き込んでみたい。打ち明ければ、どれもようやく、見覚えたものばかり。

一人暮らしが長かったので、食事はつい、簡単に済ますことが多かったのだ。当時の私は、忙しい会社勤めをしながらの狭いアパート暮らし。会社から持ちかえったやり残しの仕事を片付け、詩を書き、文章を書き、メールをチェックし、ご飯を食べたのは、なんと、すべて一つのお膳の上である。

「食卓」というものを持ち得なかった生活は、ある面から見れば、貧しく寂しい。しかし、詩がすべての中心であった当時の私にとって、たった一つのお膳の上は、変幻自在の自由で豊かな空間であった。

夜、ふとんのなかで天井を仰ぎながら、私は幸せだと、心の底から思ったことを覚えている。だから後悔はまったくないけれども、ただ、当時に戻ろうとも決して思わない。

今、狭いながらも独立した食卓で、ご飯を食べている。時々はっと昔を思い出し、誰にともなく、アリガトウと感謝を述べたくなる瞬間がある。こんなふうに書いてみると、私はどうやら、いつも今が華と思う、とてもおめでたい人間のようだ。

このあいだも、ヒジキご飯を作った折、蒸らし時間が終わり、さあ、おいしく炊けたかなと、炊飯器の蓋《ふた》をそっと開けた。

たちまちに湯気がわっとわきあがり、のぞきこむわたしの顔を打った。賑やかな食材の、色と匂いが胸に迫る。その途端、ああ、こんな幸福もあったのだと、久しく持ち得なかったものを、改めてだきとめるような思いを持った。

早朝、豆腐屋の窓から勢いよく立ちのぼっているのは、大量の大豆を茹で上げている湯気。夜の台所で、やかんの口元からしゅーっと噴出している湯気もある。無名のものとして立ちのぼり、無名のものとして消えていくその姿に、私はいつも見とれてしまう。

湯気のたちのぼる風景の源には、いつもひとの暮らしがある。そのあたたかさは、孤独を知る、大人の心だけに、しみ込んでいくものだ。

もう亡くなられた方だが、自ら望んで妻子と別れ、隠遁《いんとん》暮らしをしながら、詩や文章を、飄々《ひょうひょう》と書いている詩人がいた。当時、六十を越えた面白いひとで、お酒が大好き、女のひとが大好き。トイレは共同の、風呂場のない、狭いアパートに住んでいらした。

夕方の町を一緒に歩いていたときのことである。どこかの家から、夕餉《ゆうげ》の仕度をする湯気の煙と匂いがもれてきた。すると、途端に、そのひとの顔がゆがんだ。「僕は、こういうのに、弱いんだなあ」と言う。

きままな自由を、自分で選びとった結果のくせに、たかが湯気にぐらついてしまうとは。若かった私は、案外、無頼とはナサケナイものであると思い、いささか冷ややかな感情とかすかな同情とを同時に抱いた。そして、湯気というものが、ひとの心に染みとおり、弱き心を、そっと引き出したのを眺めたのだ。

思わず吐露された寂しいものを、見なかったことにしておきたいと思った。そんなことを、告げられても、私には何もできないのだった。手持ち無沙汰のような心を抱いて、なぐさめる言葉の一つも持たず、ただ無言で、そのひとの横顔を見つめたことを覚えている。

食欲について

お酒やたばこへの耽溺《たんでき》はないものの、書いているとき、わたしはひっきりなしに、お茶やコーヒーを飲む。それから、途中で、必ずなにかしら甘いものが欲しくなる。ときには何か噛みごたえのあるもの、ナッツなどの固いものを欲することも。噛むものがないと、自分の爪を噛んでしまう。もう十分すぎる大人なのだから、いい加減にこういうのは止めたいものだ。爪はまずいし不衛生。そしてナッツや甘いものは太る。わかっているのに、やめられない。

常に、何かを口中に含んでいるような、卑しい、情けないわたしであるが、おそらく、このような間食がいけないのであろう、いざ「食事」となったとき、食欲がわかないことがあって哀しい。もっともわたしには、なにかをどうしても食べたいということが、いつのころからか、なくなってしまった。例えばコンビニへ入って、何かお腹を満たすものを買おうと思う。そこにはなんでもある。甘いもの、塩からいもの。だが自分が、一体、何を食べたいのか、しばしばわからないで、そのまま店を出てしまう。何か少しだけ食べたいと思う。その何かが何であるのか、自分でわからない。

歳を重ねて、いよいよ食欲旺盛という人もいる。どうやらわたしは違うようだ。若いころのようには、食べられなくなった。なるほど、こうやって、少しずつ少しずつ、死んでいくのだなあと実感する。食欲の衰えは、わたしには、とても自然な現象に思える。

以前、胃を半分切ったという知人宅に呼ばれ、食事をごちそうになったことがある。そのとき、食卓のあまりの慎ましさに、ショックを受けたことがあった。貧しいというのではない。ただ、量がどれも少しなのだ。食べ盛りの子供がいる我が家では、わたし自身が食べなくとも、ある一定の量は作る。だからその落差に、よけい驚いたのだが、その量で、満足できないかといったらそうでなく、そんな小鳥のような食事に、わたしのお腹は一杯になった。ああ、こんなに少しでいいのかと、そのとき思った。この家の主は食べない人なのだ、そしてわたしも、もう食べなくていい。その事実は、わたしにそれこそお腹がからっぽになるような、清々しい印象をもたらした。食べないというより食べられないのであるが、自分の食欲、すなわち、自分の胃袋の大きさを、正確に計り、充足する。過不足のない、その正直さ。自己を知るとは、己の胃袋を知ることである。

以前、わたしは、テレビの番組を作るため、インド・コルカタに二週間ほど滞在したことがある。予想どおり、下痢になった。食欲もなかったので、水分以外、何も食べず、食べられず、数日を過ごしたのだ。常に、何かを口に入れて過ごしていた東京での生活。下痢はそのようなむなしい満腹感を、濯《すす》いでくれたように、わたしは思った。食べたくないとき、食べないでいる自由。食べなくたって、生きている自分を、わたしは改めてしげしげと見た。なんだ、まだ、生きてるじゃない。腹のなかをそうして、いよいよからっぽにすると、ある朝、腹がひきつるような、きゅーっという飢餓感で目が覚めた。ああ、お腹がすいた。ただそれだけのことに、わたしはすっかりうれしくなった。

見えない料理人

ある町の裏通りに、小さな中華料理店があった。四つの客席とカウンター。客の背と背がくっつきあってしまうほどの狭い店内で、しかも決して綺麗とはいえない。料理名が書かれた黄色い紙が、びらびらとうるさく店内に張られ、その紙は日毎、油と汚れにまみれていった。それでも味が抜群にオイシイのと、値段が安いのと、店のおばちゃんに愛嬌があるのとで、いつ行っても満員で繁盛している。

おばちゃんの年齢はよくわからない。五十は過ぎているだろう。笑うと口の下に、左右対称のえくぼができる。変な所にできるなあ、と最初思った。ありがと、おいしかた？　助詞や促音のぬけた、短い日本語をしゃべる。中国か台湾の人であったろうか。常連か一見かに、全くこだわらずに、どんな人にでも、必ずおつりを繰り上げてくれた。四百八十円のおつりなら、五百円くれるという具合いだ。おいしい上に、こうして帰り際が明るいので、誰もがまた来ようと、必ず思う。

料理を作っているのは、おばちゃんの旦那さんだ。ただ、その姿を誰も、見たことがない。店の構造も、厨房が全く見えないようになっており、料理はおばちゃんが、奥のほうから一人で運んでくる。家族的で小さな店だったし、味もおいしいだけに、時々、食べている途中で、その黒い料理人の存在が（あるいは不在が）、なぜか、胃袋に、ふっと、忍びこんでくるような瞬間があった。

料理の味つけが微妙に変わったと思ったのは、いつのことだったか。いつも頼んでいた、この店の十八番、栗と鶏肉の炒め物と八宝菜に、こくがない。まずい。あっさりしすぎている。変だな、と思った。

当然、見えない作り手に思いがのびていく。旦那さんは、病気でもしたのだろうか。おばちゃんと喧嘩でもしたのかしら。おばちゃんを見れば、相変わらずにこにこしていて、帰りにはおつりを繰り上げてくれる。変わったところはなにもない。

それからどれくらいたったろう。久しぶりにあの店に足を運んだ。しかしもう、なかへ入ることはできなかった。扉の前には「何びとも立ち入りを禁ず　家主」と書いた張り紙が一枚。突然閉店していたのである。

汚れた窓ガラスには、内側から、大きなバッテンの形に、テープが貼られ、そこから透かしてみた店内には、あの黄色い紙片が、もはや誰にも読まれなくなった料理名をつけて垂れ下がっていた。残された文字とは、どんなものでも、どこか遺書めいていて不吉なものだ。「そういえば、目つきの悪い男が出入りしていることがあったよ」と言うひともあったが、閉店の理由は結局わからない。

料理店は、こうして、失われてしまった。しかし確かにそこに在ったといえる接点は、唯一、おばちゃんだけで、旦那さんは一度もこの目で見たことはなく、現実の輪郭を持たないのだから、そもそも本当に存在していたのかどうか。そして、あの「味」すらも、ここに、ほらね、と取り出すことのできないものだ。

私はなんという、脆《もろ》くあやふやで、はかないものに、対していたのだろう。失ったというよりも、そもそも最初から、何もつかんではいなかった。あのとき一緒に食べた人とも、今では縁が切れ、会うこともない。つややかに光る甘い栗、べっこう色に輝く鶏肉。そして見えない料理人。私だけが知る味の記憶だ。

たこ焼き、くるくる。

厳寒の一日、明治神宮へ行く。催事があって、甘酒やたこ焼き、鮎の塩焼きなど、いくつもの屋台が中庭に出ていた。甘酒を飲むと、お腹もすいてきて、たこ焼きでも食べよう、ということになった。たこ焼きを買うとき、わたしはいつも、ちょっと高いんじゃないかと思う。わたしはたこ焼きを愛してるけど、六つで五百円もするものとは思えない。とはいえ、自分で作ろうとは思わない。むかし、うちに綿菓子製造機があったのだが、実際使ったのは一回だけ。ムナシイ機械を買ってしまったものだ。たこやき器も、同じ運命をたどるに決まっている。

たこ焼きの前には、長い列ができていた。おばあさんが一人で焼いているのだ。並びながら、見るものはほかになく、おばあさんの手元をじっと見ていた。おばあさんはしんしんと焼いており、たくさんの客を待たせているわりに必死という感じはどこにもない。喜びに満ちてもいないが悲しんでもいない。とても澄み渡った無表情だ。広々とした綺麗な額。静けさだけがおばあさんを支配している。おばあさんのエプロンはかなり汚れている。とびきり寒い日なのに腕まくりしていた。

たこぶつをひとつひとつ、穴に落とし、うえから、小麦粉をとかした液汁を、つーっと注ぎいれる。落ちていくまっすぐな細い液の美しさ。穴と穴のあいだには隙間がある。注ぎいれる手は、穴だけを狙うが、卵色の液は隙間にもたれる。かまうものか、というように続けられる。隙間にたれたそれは、たちまちのうちに乾き、乾いてぱりぱり、鉄をそれていく。おばあさんは一度も目をあげない。

やがて穴のまわりも乾いてくると、竹串でくるくるっと回しながら、次々、一つ一つひっくり返していく。リズミカルだが、ときどきつっかえる。なめらかな穴の内側の肌を、熱い鉄の肌を、わたしは思う。思っていると、自分のなかの伏せられてあるものが、くるくるっと同じように回転していく。なぜ、あなたはそこで、たこ焼きを焼いているのか。おばあさんに突然、たずねてみたくなる。

自分の番が来た。孫みたいな男の子がレジの前に立っている。五百円玉を渡して、舟の器に乗ったたこ焼きをもらった。たこ焼きのうえで、かつおぶしが、ふわふわと生きもののように踊っている。食べると内側はどろりと熱い。すぐに食べ終わってしまった。ああ虚しい、お腹なんかは、一杯にならない。

催事場を出るとき振り返ると、列はいよいよ長さを増して、その先にいるおばあさんの姿は隠れて見えない。もう手の届かない、遠い世界のひとになってしまった。それでもあそこ、列の正面には、一人のおばあさんがいて、しんしんとたこ焼きを焼いている。いつまでも焼いている。そのことだけは、こうして書いている今も、わたしには確かなこととして信じられる。

カリカリでもナヨナヨでも

ベーコンサンドは簡単でおいしい。子供のころから、我が家では非常によく食べていたが、市販されているのを見たことがない。他人が作っているというのを聞いたこともないので、今日はここに書いてみることにする。

母は田村魚菜《ぎょさい》という料理家から習ったと言っている。作り方はごく簡単である。用意するものは食パン、ベーコン、玉ねぎ、パンに塗るバター、マヨネーズ、ケチャップ、以上。

パン二枚を裏表こんがり焼く。バターを塗ったら、一枚には薄くマヨネーズ、もう一枚には薄くケチャップを塗る。これ、いわゆるオーロラソース。たっぷり塗るとしつこくなる。本当に「薄く」でよいとわたしは思う。

ベーコンはカリカリが好きならカリカリになるまで炒め、ナヨナヨでもよいならナヨナヨのままでよい。カリカリでなければベーコンではないなどという声が聞こえてくるが、ここはあまり、こだわらずにいきたい。急いでいるときなど、わたしはそのまま、焼かずに挟んでしまう。ベーコンはハムでもよいし、ウィンナーの細切りでも可。でもベーコンが一番美味しい。

料理のレシピなどでも、真面目な女は、言われたとおりをやってみようとするが（わたしがまさにそうだ）、なかには買い忘れた具材もあるし、時間が足りない場合もある。

そういうとき、「なくても可」とか「他のものでもよい」とか「ここは省いても可」「適当に」などというい加減な文言は、なによりのはげましである。わたしもここではそうありたい。

しかしベーコンサンドで、どうしても省くわけにいかないものがある。玉ねぎである。ごく薄くスライスし、水に放っておく。これも急いでいるなら、切ってすぐのを入れてもよい。

ベーコンのしつこさを、玉ねぎが消す。これは見事な組み合わせだ。

焼かないパンにはあまり似合わない。やはりこのサンドは、こんがり焼いたパンがあう。それもベーコンに野性味があるからだ。ベーコンは肉の「だし」みたいなものだから、旨みが詰まっている。案外くどい。強い性格の食品である。それには繰り返すが、生の玉ねぎとパンの焦げ目。強いもの同士でなければ、バランスがとれない。

そしてこのサンドイッチには、もうこれ以上、他の具材を入れてはいけない。卵とかレタスとかトマトとか、入れればおいしいだろうというのは間違いで、ベーコンと玉ねぎ以外は、敬して遠ざけるべき。

家業がうまくいかない時期、母が、少しでも家計を助けようと、外へ働きに出ていた時期がある。わたしは当時、小学校の高学年だった。

夏休みか春休みで、学校が休みだった。わたしは母親から、昼食には、ベーコンサンドを自ら作って食べるように言われていた。母のいない昼食は寂しかったが、不安ではなかった。わたしはもうそれまで、何回とベーコンサンドを作ってきたから、妹のも父のも叔父のもおばあちゃんのも叔母のも作った。あれは、わたしが自分だけで作り、人に食べさせた初めての料理だったかもしれない。

今、八十近い母の世代は、敗戦後を生き抜いたがんばる人々で、弱音をはかない。そしてしぶとい。バターを使った案外ばた臭いものが好きだ。戦争が終わって、外国製品が入ってきた。なかには、それまでの日本になかった、驚くほど美味なものがあって、母たちもまた、あこがれとショックを受けたことだろうと思う。

よく、世の中に、こんなにうまいものがあるのかと思ったと、食の思い出を語ってくれる人がいるが、今の子供たちには、そういうショックはあるのだろうか。

ちなみにわたしのそれはいろいろあるけれども、六〇年代に食べた、クラッカーのショックは忘れがたい。商社に務めていた伯母が、油紙に包まれたクラッカーの一箱を持ってきてくれたのだったが、じんわりと紙にしみた油と塩気が今までにない味で驚いた。ナビスコクラッカーの前身だと思うが、今、市販されているそれより百倍はおいしかった。

タケダのハイシーや浅田飴は薬だが、そんなのに出会ったのも子供のころのことで、これもおいしいとびっくりした。それらはみな、同居していた伯母が、こっそり舐《な》めさせてくれた。

こんなことを書くと、わたしは大昔の子供のようだ。

そうなのだ。大昔の、昭和時代の子供なのだが、今も中身はそれほど変わっていない。ハイシーや浅田飴が大好きだし、そしてもちろん、ベーコンサンドについては、これはもう不滅のサンドイッチだと思っている。

すももの増減

すももが六個、透明なパックに入っている。本当はもっとたくさんあったんだけれど、食べちゃったから、今はこれだけ。一歳の子供がそれを冷蔵庫から出してきて、一個ずつ、意味もなく、私に手渡す。

すももが一個
すももが二個
すももが三個

すももが四個

すももが五個

すももが六個

すべてのすももが、透明なパックから、私の両手へと移動した。からっぽになったパック。すももで山盛りになった私のてのひら。私と子供は、その両方を、互いに無言で眺めている。そのとき、いくぶん奇妙な間があいた。子供は何かに気づいたとでもいうように、今度は私の両手のすももを取って、透明パックに戻し始める。

すももが一個

すももが二個

すももが三個

すももが四個

すももが五個

すももが六個

すももが減っていく。ついさっきまで、てのひらの上、一個ずつ増えていったすももが減っていく。

はるか頭上で、何者かが、すももの数を数える声がする。私は吸い寄せられるように、てのひらの上を見つめた。そこで今、起こっている、不思議な数の劇を見ていた。てのひらでもなく、てのひらの上のすももでもなく、私はてのひらの上の、透明な数の増減そのものを見ていた。そして、その増減のなかに、波のように寄せては返す見えない時間のあふれを見ていた。子供の無意味な行為のなかに、不意に現れた輝きを見ていた。

再びからっぽになった私のてのひら。再び充たされた透明なパック。世界はもとあった場所に立ち戻っただけなのだろうか。目に見える変化は何一つ起こらなかった。

雨の土曜日の台所で。

III

キャベツ畑

東京で生まれて育ったが、今までに一度だけ、S県のX市で暮らしていたことがある。

毎日、東京で遅くまで仕事をして、満員の東武東上線に乗り、駅から家までの十五分くらいの距離を、ひとり歩いて帰ってくる。

途中に、左右、見渡す限りのキャベツ畑があった。そんなところにも電信柱が立っていて、貧しく白い蛍光灯が、キャベツを静かに照らしていた。怖くてそこだけは走って通り抜けた。

畑が途切れると、いきなり街だ。大型スーパーマーケットがあって、その先に、わたしの暮らしていた巨大な集合住宅がある。

同じドアが、ザーッと一列、横にも縦にも並んでいる。そのなかで、目鼻をつけた大小の人間たちが、誰かにおとなしく飼われていた。

無表情なドアは、固く重く無機的だが、ドアの向こう側にあるのは、一転、どろどろとした液状の日常であり、それは見えない。けれど少しでもドアを開ければ、いつでもドアの外にいるわたしたちを飲み込むような気配に満ちている。

実際、事件もおきた。小学生の女の子が、通路を歩いていて、いきなり開いたドアのなかへ連れ込まれたのだった。女の子は、大声を出して逃げたので無事だったようだ。

深夜になると、コロサレルーという女の叫び声がして、勇気を出してドアを開けると、そこにはいつだって誰もおらず、若い男女がニタニタ笑いながら、通路を歩いているだけだったりする。

わたしはこの土地で、様々なものを盗まれた。あるときは、屋外駐車場にとめてあった自動車の、座席シートがそれだけごっそりなくなっていた。外側があるのに中身がない。内臓だけを抜くというのは、オタク的で猟奇的な窃盗である。

夜間、駅前の駐輪場で、ごそごそとなにかしている中年の男をみかけることもあった。どうやら鍵を操作して、自転車を盗もうとしているらしかった。背後からじっと見ていると、気配を察し、ふりかえった彼が、なんだよっ、と小さくわたしに向かって叫び、おびえるように逃げていってしまった。人間でなくて蛇のようだった。

しばらくしてわたしも、自分の自転車を盗まれたが、盗んだのは、その人かもしれないし、別の人かもしれない。別の人だと思う。自転車を盗む人が、ごっそりいそうな街だったのだ。

そこに二年間暮らして、結局離婚して、X市をようやく離れることになった。

夜になると、白い蛍光灯の下、悪いことが毎日、少しずつおきていた。キャベツはそれをみんな知っていたが、人間の言葉ができないものだから、静かに夜気を吸い取って、黙って並んでいただけだ。

戻ることは決してないだろう。それでも忘れ物をしてきたように懐かしい。深夜のキャベツ畑をのぞけば、わたしの頭部がころがっている気がする。

踏切の途中

かんかんかんかん、と警笛が鳴り、赤いランプが点滅する。矢印が、緑色の電飾で照らし出され、電車が来る方角が示される。やがて、ごおっと暴風が吹き、電車が目の前を、走りぬけていった。まるで生き残ったかのように、立っている自分自身。遮断機の柔らかなバーが、弾力をもってはねあがり、わたしは許されて踏切を渡る。犬も通る、車も通る、風も通る、蝶も渡る。

踏切の真ん中で、立ち止まってみることがある。電車はまだ来ない。はるかかなたに、駅というものの、不思議なかたちが伸びているのが見える（駅を遠くから眺めるとき、あの世のほうから、この世をそっと、のぞいているような気分になる）。

いま、この瞬間、わたしは生きていて、身に傷ひとつ受けず、安全なのに、胸はどきどきと鼓動を打ち始める。踏切の途中で足を止めるのは、いつも、ほんの少しの勇気がいる。

　左右に伸びていく線路を見る、鳥の声がする。風が吹いている。自由という思いが、突如、胸いっぱいに広がる。

　不思議なことだ。わたしはいつも、十分、自由なのに。その十分、自由であるはずの日常において、時には不自由すら感じるくせに、踏切の真ん中という、やがてやってくる電車によって、いまいるここが、この空間が、確実に切断されてしまう危険な場所で、不意に深いところから、わきあがるように、やってくる感情。ああ、わたしは、自由だ。

　かんかんかんかんかんと、警笛が鳴っている。

からっぽの部屋

一人暮らしをしていた頃のこと。数回目の引っ越しで、木造の小さなアパートへ移った。転居一日目。シャワーを浴びていると、浴室の空間全体から、拒まれているような違和感を覚えた。皮膚の毛穴ひとつひとつが、新しい空間に、目を見張るように反応していた。

ああ、一日目が、始まったのだと思った。長い旅に出かける直前のような、不安と不思議な興奮が渦まいた。

あのアパートには、結局、二年くらい住んだだろうか。当初の異様で新鮮な違和感も、その後暮らした日々のなかで、少しずつ、ゆっくりと摩滅していったが、しかし最後まで、あのアパートは、「わたしの空間」にはならなかったような気がする。

「わたしの空間」、それをどう説明したらいいだろう。自分の皮膚と空間の間に、少しの隙間もなく、包み込まれているような安心感のある場所——まるで母親の胎内のような。

どんなにちいさな空間でも、それがひとりの人のものになるのは、案外長い年月がかかる。いや、年月だけの問題ではないだろう。そこに暮らすひとの意識のようなものも、空間に滲み出して、影響を与える。


単身者であったわたしにとって、アパートの一部屋は、深く腰をおろす場所ではなかった。常に通り過ぎていく空間だった。いつか遠くない日に、ここを出る。そんな中腰で、わたしは部屋の内部に浮いていた。この世からも浮いていたかもしれない。そういうわたしは部屋にとっても、空間に浮遊する塵《ちり》や埃《ほこり》と、何ら変わらぬ存在だったろう。

実際、いつでも旅立てるように、テレビもなければ、本も最小限。持ち物が極端に自制された、異様に殺風景な空間だった。

とうにそこを出た今になって、がらんとしたあの部屋が、時折、記憶のなかに現れる。「わたしの空間」にはついにならなかった、ひどくよそよそしいあの部屋が、わたしがいなくなって初めてようやく、わたし以外の何者でもないような生々しさで、記憶のなかに浮かびあがってくる。部屋のほうがわたしを思い出しているのか。

からっぽの部屋で生きていた頃、わたしは実にたくさんの詩を書いた。未来の展望など何一つなかった。部屋はかつて、わたしの棺のようなものであり、それはそのまま、いつか納まるべき箱のイメージとして、記憶の川へ流されたのだ。

坂道の幻影

坂道を下りていくとき、下から見知らぬ女が上ってくるのが見えた。近づいてきて、すれ違いざま、彼女が不意に大きくなったような気がした。

坂の上からは下のものが何でも小さく見える。もっと小柄な人だと思った。私が自分の小ささを、自覚していなかったということもある（自分の身体の大きさを、人は知らずに生きている。私は私を抜け出して、外側から自分を見ることはできない）。

坂道を歩いていると、こんな具合に、遠近感覚が微妙に狂い、おもしろい風景が広がることがある。なにげない見違い、勘違いは、事物が、目に見えている現実というものに対して、反乱を起こしているのかもしれない。すれ違ったあと振りかえれば、あの女はさらに大きくなっているのではないか……。

起伏の多い土地に越してきた。緩やかな坂、きゅうな坂、家のまわりには、いろいろな坂がある。母がやってきたとき、すぐ呼吸が荒くなった。かすかな傾斜でも、坂道は内臓に負担をかける。死の遠因を作る可能性がないとはいえない。

小学生のとき、エキセントリックな国語科の教師がいた。近くの山へ、みんなで遠足に行くことになったある日のこと。私たちを集めて彼が言った。

「坂道があっても走ってはいけません。坂道で昔、教え子が死んだのです。坂道を走っているうち、加速がついて、その子は止まることができなくなりました。その子は舌を嚙み切って死んでしまいました」

昔、おじいさんとおばあさんがいて……というように語られた、名前も知らない子供の死が、そのとき、私のなかに入った。

坂道を下りながら気がつくと、時々、この話を思い出している。加速のついた子供の心が、私の身体を借りて、現れるみたいだ。ブレーキをかけながら、ゆっくりと下りていく。そんなとき、塩の味がする、ぬるい血が、舌の上に滲み出してくるような思いがする。

子供の頃は、よく高いところから飛び降りた。飛び降りるという、そのことが楽しい。挑戦する高さはどんどん高くなる。ちょっと無理かなと思う距離でも、えいっと飛んでしまう。着地したときの、固い地面の触感が、足の裏から、じいんとしみてくる。時々は、飛び降りる距離感がうまくつかめなくて、怪我をすることさえあった。

あの頃、私の身体は、日々ぐんぐんと成長していたはずだ。そのことを自分では測れずに、遠近感覚に狂いが生じる。怪我の原因はそこにあったのだろう。心は昨日と変わらないのに、身体はどんどん変わっていった。

幻影と錯覚に満ちていた子供時代。「死」はあのときも、なんと近くにあったことだろう。そのことには全く無自覚だったけれども。

今、大人になって、坂道を下りていく。緩やかな傾斜が、緩慢な死のようだ。

東京氷上世界

三十年ぶりくらいにスケート場へ行った。神宮にあるスケートリンクである。スケート靴を借りて、場内に降り立つ。リンクの周りはゴム状の床だ。その上を歩けば、足元から、身体にしみついた記憶が蘇る。コツコツコツじゃなく、ムンムンムン。足の裏ってものすごく敏感で頭がいい。自分がどんな土地の上を歩いてきたか、わたしよりも具体的に、よく覚えている。

ゴムの床から、いよいよ氷上へ。さすがにここは、ムンムンとはいかない。

子供のころは冬になると、家族全員で晴海にあるスケート場へ通った。仕事を終えた父が、みんなを車に乗せ連れていく。夜間料金になるから、それも狙いだ。たくさんでいっても大丈夫。週末などは、毎日のように行っていた気がする。

晴海のスケートリンクは、今はもうない。体育館みたいなところで、天井が高く、ただただ、だだっぴろいところだった。こたつなんかも用意されていて、住み着いているような男の人もいた。昭和四十年代の話である。

わたしは滑るのが決してうまくはないが、昔から、スケート及びスケートリンクという空間に、強く惹きつけられてきた。

氷の上に、薄い刃一枚で立つのはとても怖い。わたしにはあの刃が包丁に見える。いつでもすぐにでも、人を殺《あや》められる凶器を、足の下に装備した無数の人々が、信じられないようなスピードで、同じところをぐるぐると回る。あの速さは異様である。魂をも追い抜く速さである。

滑り出せば、頭のなかに、悲劇的なイメージが現れては消える。これもスケートにはつきものである。氷を見ると、決まって赤い血を想像する。

「この場でおきた怪我や事故について、競技場は一切責任を負いません。ですから、重々、気をつけてください」

さきほども、そんな注意書きを、入り口で読んだばかりだ。ますます、事故への緊張感が高まるけれど、どこかで自分が、それを招き寄せているように思われ、いよいよ怖い。

実際のところ、めったなことでは事故は起こらない。けれどもわたしは、おきるかもしれないという恐怖に背中を押され、青ざめながら、夢中になって滑る。

なんという心細さ、なんという不安。それがたまらない。周囲には、わたしほどのおばさんは見当たらず、子供か若い男女がほとんどだが、なぜか中高年の男性が数人いて、彼らはみな、滑るのがとてもうまい。人のコーチをしている人もいるが、おおかたは一人ですいすいと人を追い越し、見惚れるような速さで遠ざかっていく。鳥のようだ。魚のようだ。彼らはいったい何者だろう。人間の顔をしているが、人間じゃない。あのすばやいなめらかさは禽獣《きんじゅう》魚類のもの。わたしは彼らに嫉妬しているわけでない。ただもう、目を奪われ、魂を奪われてしまっているのである。

スケートリンクは、死がふわっと身近に来る、現代の「水場」である。どんなに人工的に設えられてあっても、氷の上に立つという経験は、人間存在を足元から不安にする。

ちなみにわたしは、止まる技術を持たないので、ただ前へ、進むだけ。「想定外」のスピードを出し、自分の制御も不能となって、叫び声をあげながら向こう側の縁へ激突して止まる。比喩でなく狂人である。

まだ生きている。わたしは生きている。そのことを確かめ、また滑りだす。

嵐の夜

ある夜更け、夢と現実の境目のようなところから、「まさよ!」と強く呼ぶ母の声が聞こえた。その声は、妙に現実的で、頭のなかに、突然、ぱっと、光が入るような鋭さだった。いま、母とは別に暮らしているし、母は、もうそんなふうには私を呼ばない。それは私が子供の頃、いつも階下から私を呼んだときの声のようであり、何か、危機的な状況にある時の、緊迫した母の声のようでもあった。いや、危機的状況は、むしろ私のほうにあったのかもしれない。無意気のうちに母に助けを求めたいという気持ちが、そんな声となって私の方へ、返事のように戻ってきたのかもしれない。

まだ、母は生きているのに、その声には、私たちの間に、どうにもならない障壁があることを知っているような響きがあった。母は死んでいて、あちら側の世界から呼びかけているような気がして、物凄い寂しさに私は襲われた。

私を激励しているような、また、私に、何かを気づかせたいと思っているような、母の声。「あんたはなんでも、ひとより、ものごとに気づくのが遅い、基準が世の中の標準とくるってる」。それはいまだに、母が私に向かって言う、決まり文句だ。何を気づかせたいのかわからなかった。具体的な言葉をかわすことはできなくても、電流みたいに鋭い呼びかけで、母は私に何かを伝えようとしていた。母が死んでも、母のあの声は死なないだろう。そのときそう思い、あの声に自分がこれからも支えられていくような気がした。

若いある時期、私は母の支配から逃れようと必死に抵抗し反抗していた。母は血が濃いタイプなので、ぶつかると壮絶だ。しかし私も四十をすぎ、母も大病をして年老いてきた。いまだに母の不滅を感じる瞬間はあるが、表面的には、互いの生活も安定し静まって、母の心配の種も減り、けんかというものをしなくなった。いま、私と母は近いようでいて、互いを気遣ったりするやり取りが、妙に他人行儀で遠く感じることがある。私自身が子供を産んで、互いの関係は、一層おだやかな遠さに開いたような気がする。新しい生命が、母を死の方角へ、順送りだよ、というように、そっと押しやったかのようにも見えた。

私は、時々、自分の子に対しても、不思議な距離を持って眺めてしまうことがある。なんでこの子がここにいるんだろうと、まるで奇跡でも見るように、呆然と見つめてしまうのである。いくら自分の子であっても、まったく別の一人の人間が、この世に出現している。その内面を、なめるように理解できるわけがない。そういう意味では、子供はもっとも身近な他人。

それにしても、お腹のなかに、一人の他人を孕《はら》んでいたなんて。それも、異なる性を、孕んでいたなんて。今から考えると、妊娠というのは、不思議を通りこして、腹の底のほうが、なにかこう、ぞーっとするような、おっかない経験だったと思う。母ももしかしたら、私にそんなことを思っただろうか。

母のことで思い出す、ひとつのできごとがある。私が二十歳を少しすぎたころのことだ。私は一度だけくるったことがある。

高熱を伴う風邪をひき、二階の自分の部屋で寝ていたのだが、夜更け、どういうわけか、がばっと起きだし、家のなかを、のしのしと歩き出した。それから、鏡の前に立ち、自分自身の姿に向かって、罵詈雑言《ばりぞうごん》をわめきちらし、あげくのはては、「あたしを鉄砲で撃ち殺して！」と叫び、あばれまくったということがあったのだ。

高熱がひきおこした幻覚だと思うが、自分のなかに、なにか、制御できない化け物がとりついてしまったような感じだった。普段、私は、そんな歩きかたはしないし、そんな大声をあげて罵《ののし》ったりはしない（するかな？）。鏡の前の醜い自分は、私が初めて見る自分だった。狂気という、気味の悪い、ぎらぎらする光におおわれた私。妹がびっくりして、震える声で、父の外出先に電話をかけている。「おねえちゃんがおかしくなった。早く、かえってきて、おとうさん」。そういう風景の細部のすべてが、妙にはっきりと眼には見えている。見えていながら、自分自身を、どうすることもできなかった。

私の狂乱が、どれほど続いていたのだったか、気がつくと、私は、ふとんのなかにいて、母の腕に、まるで、幼児のように抱かれて、泣いていた。嵐のような時間が過ぎ去った。私は自分が赤ん坊のようだと思った。いや、赤ん坊そのものになってしまったようだった。私は自分がいい年をして、母に抱かれていることに突然恥ずかしさを感じ、ふとんのうえに起き上がった。

赤ん坊に添い寝していると、あのときのことがよみがえってくる。狂った私は、確かに、私。私自身に違いなかったが、あのとき、私を抱きしめていてくれた母を、いま、私は、自分自身のようにも感じている。

朝礼のヘルメット

学校を出てから、二十年近く、会社員として働き、詩を書いてきた。最後の勤務先となったのは、できたばかりの小さな出版社だったが、入社して五年目、突然クビを言い渡された。これから伸びていこうという会社にとって、私は意欲に欠ける、不必要な人間ということだった。いつもは神経が太いほうだが、そのときは薬に頼るほどになり、頭皮に突然、ひどい痒《かゆ》みが生じたりした。強いストレスが原因らしかった。今、思い出してもアタマが痒くなる。詩に夢中になったことが、退社のきっかけを作ったような気がする。それほどの詩を書いていたのか心もとないが、ともあれ、自分のなかでは、まず第一の優先順位であった詩を書くことが、実は経済的な基盤の上に初めて成り立っていたことを、あのとき改めて思い知ったのだ。突然の解雇は、その基盤からの当然の復讐、と私には思われた。

最後の日、通勤電車から、偶然、目にしたある風景を私は奇妙にも忘れられない。工事現場の朝礼の風景だった。ヘルメットを被った男たちが十数人、ばらばらと並び、一様に頭を垂れ、足元を見つめ、上司らしき人の話を聞いている。人が立っている。群れて並んでいる。それなのにその風景からは、一瞬、連帯でなく、孤立感のほうが強く感じられた。そのときの自分の心象風景を、投影して眺めていたのかもしれない。あのなかに確かに自分はいた。そこからはじき出された自分自身を、私は卑小で惨めに感じながら、同時に、ひとが無口に整列しているその風景にも、痛いようなもの悲しさを覚えたのだった。

子供はピエロの何が怖い？

よく晴れた日曜日、子供を連れて、サーカスを見に行った。まだ二歳半だが、少し前に街でピエロを見たとき、怖がって大変泣いたことがある。大丈夫かなあ、と少し心配だった。案の定、ピエロが出てくると、わたしにしがみついて正面を向かない。サーカスという見世物小屋が持つ、虚構の世界の悪事めいた魅力。それをじっくり味わうには、子供はまだ少し幼すぎるようだ。

幼児というのは、お面も含めて、細工された顔面を、ひどく怖がる。顔一面に白いパックをしたわたしを見て、親戚の子供が号泣し、なかなか泣きやまなくて困ったことがあった。ニンゲンという範疇からはみだした何かを、彼は、敏感に感じ取ったのだろう。

そういうとき、わたしはごめんと思いつつも、泣いている子供が面白くてならない。おそれるものに初めて出会ったとき、彼らが見せる、いのちが割れるような新鮮な表情は、混じりけがなくて胸を衝《つ》かれる。この世界に散在する、恐怖の異物につきあたるたび、子供らは泣く。自己が壊れたように。大人になったわたしには、驚きである。

ところでピエロとは一体、何なのだろう。子供たちはピエロの何が怖いのか。哀しみと笑い、困惑が、混ざり合ったような複雑な表情。しかもその面の下には、もう一つ、素顔という虚無の無表情が広がっている。

ピエロはいつも、目の前のできごとを、翻し、弄《もてあそ》び、無責任に逃げていく。人間でも玩具でもない、どちらからもはじき出された境界で、道化として生きることの凄まじさを抱えながら。

赤く塗られた丸い鼻や常に笑い続ける大きな口。子供たちにとって、そうした表面がもたらす恐怖以前に、ピエロの存在それ自体がかもし出す、本質的な恐怖があるのかもしれない。

さてサーカスは、休憩をはさんで猛獣使いが現れ、いよいよ佳境にさしかかったが、そのとき突然に子供が暑がって、むずがり、外へ出たいと言い出した。

仕方なく、テントの外へ連れ出した。暗闇の世界から一転して、表は陽光が夏の日のようにふり注いでいる。今までのことは、実は何もかもがなかったことだったんだよ。そんな声を聴いたような気がして、一瞬、自分のいるところがわからなくなる。出番を終え、Tシャツに着替えたロシア人の曲芸師が、事務所と書かれた小屋の前でビールを飲んでいた。遠いこの世の果てを、眺めているような目つきだった。

ちいさいおうち

『ちいさいおうち』という有名な絵本がある。小学生のころ、よく読んだ。都市化が進むにつれ、まわりがどんどんビルディングになってしまい、一軒だけ、取り残された小さい家の話。とてもわかりやすい絵本だった。当時、わたしがあの家だ、と思った記憶があるが、それは今にいたるまで、変わらない。気が付いたら、取り残されているという状態は、わたしがたびたび経験することである。なんでも気が付くのが、十年遅い。はっきりと気が付いてから行動するから、結果、ひとより、二十年くらい遅れる。でもどうにか、生きている。なんとかなるものだ。「二もとの梅に遅速を愛す哉《かな》」という蕪村の句があった。この世は、生きる速度のおそろしく違う人間たちが、寄り集まって生きている。そのずれがひとの哀しみを生むのだろうが、でも、遅速が生み出す、偶然の重なりもある。知り合っていま、このときをすごしているというのも、奇跡のようなことに違いない。そう思いながらも、どうしても好きになれない誰彼の顔が浮かぶ。そういう、宿敵みたいなひとほど、いなくなれば、さびしいものかもしれない。今まで生きてきて、こんなひとがいるのかというほど意地悪な隣人が、つい最近、近所の誰にも告げずに、逃げるように引越していったのだが、表札がもがれたあとを見たとき、不思議にしみじみとさびしくなった。

ところで絵本だが、『ちいさいおうち』を読んでいたのと同じ時期、わたしは、あの家とそっくりな運命の家を、現実においても目撃した。その家は、まわりがすべて立ち退いたあとも、頑固に自分の居場所を守りぬき、道路は、家を、中州のようにして取り囲み、自動車が激しく、その周りを行き来していた。ふるぼけた木造。くずれかけている。二階の窓には、洗濯物がはためいていて、確かにその家に、生きている人が住んでいることを知らせていたのだが、わが身を重ねたちいさいおうちの行く末は、このように壮絶なものであるということを、子供であったわたしは、おそろしさとともに認識した。絵本のなかでは、ややロマンチックでさえあった家の孤独が、現実の場面では、あらゆる幻想をそぎ落として、まさにこの世の異物、汚物として、ひとから疎まれ、馬鹿にされ、軽蔑されて、そこにあった。わたしはとり残された小さい家だ。そう思いながら、現実の家を前にすると、今度は、あのような家だけにはなりたくないと思い、嫌悪しながら、あの家の持つ異様なエネルギーに惹かれた。

同じ場所にずっと居続けるということ、それがしまいには、奇特な異物になってしまうということ。何が、あの家を追い越してしまったのだろう。最初は木肌もまっしろな、希望に満ちた家だっただろう。そこにひとが入り、棲みついて、家は、むくむくと成長し、やがて、地上のグロテスクな突起物となって疎まれるに至る。厖大《ぼうだい》な時間が流れたのだ。おかしなかたち。忘れられない、ちいさいおうちである。

真夜中の音

夜中に、とんとん、とドアを叩く音がする。はっとして目がさめた。こんな夜更けにいったい誰だろう。

しかしドアの向こう側はしんとしている。聞き間違いだったのか。それにしては、あまりにも明確な輪郭を持つ音。いまだ胸の骨に、響いているその音が、幻聴であったのか、現実のできごとであったのか、いずれとも判別できない、奇妙な時の間をたゆたいながら、私はなおも、ドアの向こう側に、耳を澄ました。

狼ならぬ誰かが潜んでいるような気がしたが、夜中の町は、あいかわらず、しいん、と静まりかえるばかり。どうやら今回も、幻聴であったらしい。今回も、というのは、こんなことがこのところ、何回もあるからだ。

心のなかで誰かを待ちつづけていたりすると、こういう現象がおきるらしい。そこまで恋焦がれて待ち続けるひとは、残念ながら思い当たらない。誰かに恋されていて、そのひとの怨念がドアを叩いていると考えてもいいが、これも悔しいが、あまり現実的でない。

それにしても、音を「聴く」とは、不思議な体験だ。私は、そこに、見えないものを、いつも見る。「聴く」とは「見る」ということでもあるようだ。例えば私たちは、雨の音を聴いただけで、実際の雨を見ていなくても、雨を見るだろう。

この世界の現象を受け取るとき、私たちは五感のすべてで受けとっているのだろう。感覚のどこかひとつだけが、たちあがるということはないのである。

しかし、同じ音を聴いても、同じ映像を見るということはないようだ。すると、ひとの数だけ、世界がたちあがっているということか。

例えば水の流れる音を聴いて、現前にはない、清流と山々の風景を見るひともいれば、水漏れとばかりに、水道のメーターが、どんどんあがっていく光景を見るひともいる。

また逆に、映像に音が焼きついていて、それを見ると、実際に鳴っていない音が、頭のなかで鳴り出すということもあるだろう。

音を（聴くのでなく）見たり、映像を（見るのでなく）聴いたり、味わうかわりに嗅いだり、こうした五感の交換が、私には、とても面白く思われる。

　ところで、あの、ドアを叩く音だが、本当のところは、何であったのか。あまりにくっきりと胸に残ったその音に、私は、自分でもわからない自分の心、自分でも意識できない心の古層を、そっと叩かれたようにも思ったのだ。誰も待っていない、と書いたけれど、本当は、誰かを、何かを、ずっと、待ち続けているのではなかったか。

「とんとんとん、何の音?」「風の音」「とんとんとん、何の音?」「おばけの音!」

こんな言葉をやりとりする遊びを、子供時代に行ったことがある。

　幻の戸を叩くのは、大勢の子供たち。じゃんけんで負けた鬼は、皆に背を向けて、戸を叩かれるたびに、何の音かを答える。おばけという答えが合図となって、子供たちは一斉に鬼から逃げ、つかまえられた子供が次の鬼となる。

　もしかしたら、私はあの遊びの輪のなかにいまだ捉えられていて、そこから出られなくなった、大人の一人であるのかもしれない。

乙女の時間

秋の一日。理髪店の前で自転車を止めた外国人の親子——小さな男の子とお母さんが店のなかを珍しそうに眺めている。木下理髪店は子供から大人まで、揃って男の人ばかりが行く店である。古い木の扉には大きな透明ガラスがはめ込まれていて、なかの様子がすぐ見て取れる。

その日、狭い店内には、はげ頭の男性が一人だけ。綺麗に磨かれた鏡のなかに、むっつりと不機嫌そうな顔が映っていた。首から下を白い布で覆われている様は、自由を奪われた照る照る坊主のようだ。どこか悲しくて滑稽な小景である。

子供は言葉もなく、ただ一心に店内の様子を見入っている。お母さんのほうも薄く口を開けて、放心したように眺め入っている。理髪店には、そんなふうに人を惹き付ける何かがあるらしい。二人の真剣なその視線に、今度は私が目を奪われて、心ひかれつつ通り過ぎたとき、子供の頃の理髪店の思い出が、ゆっくりと私によみがえってきた。

どんな子供でもそうだと思うが、私もまた、髪の毛を切られるのが大嫌いな子供だった。その頃の写真の幾枚かには、狼少女のような私が写っている。

それでもある時期までは、嫌々、母の手によって切られていた。やがてその散髪技術に、どうしても満足できなくなった。どうせ切ってもらうなら、やはり、あのよい匂いのする、ぴかぴかした鏡の前に座ってみたい。

そうして初めて連れていかれたのは、近所の古い理髪店であった。

髪型はいつも決まっていた。乙女がりという名の、おかっぱスタイルだ。乙女がりという音を聞くと、いつも微かに怖くなった。それが乙女狩りと聞こえたからである。

そうでなくても、理髪店という所は、子供にとって不安に満ちた場所。蛍光灯の白い光が、何もかもを暴くように店内を照らしている。鏡があり、タイルがあり、石鹸があり、カミソリがあり、それを研ぐ、ゴムのベルトのようなものがあって、お湯や水の流れる音がする。ひとが裸でないだけで、そこは浴室に限りなく似ているし、清潔なところは、手術室のようでもある。

身体は、椅子に固く縛られ、髪を切るおじさんは、ひたすら無口。髪のついでにこのひとに、耳たぶを切られてしまうかもしれない。痛いよ！　ああ、ごめん、そして血が流れ出す、そんな場面が、いつも容易に想像できた。

もっとも嫌だったのは襟足を剃られることだった。その部分にかみそりの刃が当てられると、首筋ばかりでなく、身体全部がぞぞっとする。

それでも、はい、終わりだよ、という声で束縛がほどかれ、店の外に出たときの、すばらしい解放感は、忘れない。あのときの戸外の光のまぶしさを、私は今でも、思い出すことができる。

ただ髪がほんの少し短くなっただけなのに、私は確実に「新しい私」だ。濯がれたような、時間の肌触り。世界は新鮮だが、どこかよそよそしい。自分がこの世からはじかれてしまったみたいで、早く髪がのびないかなあなんて、切ったそばから思っている。

その違和感が消えるまでの、奇妙にもなまめかしい数時間、数日。私の身体は、微熱を持って、日常の地面から、少し浮きあがっていた。

夏の終わり

「お経はいい、じっと聞いているとしみじみとしてくる」と母が言った。「意味わかるの」と聞くと、「わかる」と言う。「聞いていればわかる」と言う。私はびっくりした。私には呪文としか聞き取れない。「ほんとにわかるの、お母さん、すごいじゃない」と言うと、「いや、だいたいね」。——祖母が死んだとき、母とこんな会話をした。お経の意味など勉強したこともない母だが、繰り返し繰り返し聞くことによって、彼方から意味らしきものが、不意に訪れる瞬間があったのだろう。

身体で聞くとは、こういうことかと思う。あのリズムと音を通して、伝授された何か。「わかる」ということには、言葉がはじかれている領域がある。母はおそらくその部分で、お経を確かに感受したのだと思う。

祖母が死んだのは、二十年以上前のことだ。晩年はすっかり呆けてしまい、我が家は大混乱に陥った。老人問題が今ほど危機感をもって騒がれない頃で、介護は嫁である母に、ずっしりとのしかかった。私は若く、好き勝手なことをしており、父は父で、これは面白い現象ともいえるが、自分を産んだ人が呆けていることをなかなか認めることができなかった。血の近い者ほど、困難な現実を、直視するのが辛いのだろうか。

父以外の者は、祖母のなかで作りあげられた、めちゃくちゃな記憶の物語に、時には自ら参加して、演じ、寄り添うことさえあったが、父はいつも、祖母の記憶の誤りを、いつまでもきりなく訂正していく。

それは違う、そうじゃないでしょう、叱って訂正し正しいことを教えれば、子供のように、祖母が元に戻る、と信じているかのようだった。

祖母はだめだとあきらめて、こちらを狂いの生じた世界に合わせることと、あきらめずに、あくまで祖母を、正しい世界に引き戻そうとすること。最初、家族は、そのふたつを行き来して疲れ果てる。幸か不幸か、祖母は身体は丈夫で、頭脳の方が先にだめになった。そういうひとを抱えていると、こちらも共におかしくなってしまう方が、楽なときもある。

「あたし、もう帰らなくちゃ。お世話になりました」。自分の家なのに、そう言って出ていこうとする祖母を、「まあまあ、もう少しゆっくりしていって下さいよ」とひきとめる。「そうもいきませんから」と言う祖母に、「今、おいしい食事を用意してますから」と重ねて言うと、祖母はにこにことして、自分の物語への同伴者を、ようやく見つけたとでもいうように落ちつくのだった。

勿論、こんな瞬間のおかしみを除けば、呆けてしまった老人の世界は、壮絶の一言に尽きるのである。徘徊、はてしなく続くおしゃべり。食事の世話から排泄の処理までをも含めて、そばにいる者は、おかしくならないほうがおかしい。

祖母の死後、「よかった、これでお母さんも一息つける」とあからさまに慰めて下さる方もいたが、あまりに大きな負荷がとれた母は、生き生きするどころか、その後、大きく身心をくずしてしまった。

夏の終わり。今、家の外は、蟬の声で一杯だ。生まれて死ぬ、言葉にすれば簡単なことなのに、一度生まれてしまったものが、この世から消え去るのは、まったく簡単なことではない。秋が近い。私も蟬を真似て、今は精一杯、鳴くしかないだろう。

薄いお茶の色

先日、ある雑誌から、恩師について語ってほしいと言われた。こういう場合、大抵が美談か自己宣伝で終わりがちである。そもそも私の場合、思い出す先生といえば曲者揃い。敬愛の念を抱くという所から少しはずれる。断ろうかと思った矢先、ふと一人の教師のことが頭に浮かんだ。

随分傷つけられ、理不尽な扱いを受けたが、ある一点で不思議な結びつき方をした教師だ。そのために、私は彼について、複雑な味わいの記憶を持っている。それを語ってみるのはどうだろうと思った。そして取材を引き受けたが、掲載された記事の方は、随分と角のとれたものになっていた。私は少し違和感を覚えた。最後まで好きにはなれない人だったのだ。小学校時代のK先生のことである。

当時、彼は山の手から下町の小学校に赴任してきたばかり。開口一番が、下町の生徒は勉強をしない、屑ばかりが集まっているという罵倒であった。質問の答えがわからないと、馬鹿、白痴と罵られる。恐ろしい言葉を発する人だと思った。こんな先生でも、私立へ進学しようとする男の子たちには人気があって、彼らはK先生を、受験のカミサマのようにあがめていた。一方、私は、頭を叩かれ、徹底的に否定され続ける毎日。私の方からも距離を取り続けていたので、先生の方も私を嫌い、あなたは冷たい氷のヤイバのよう、とも言われた。

あるとき、こんな宿題が出された。炎について書かれた短い文章を読んで、何でもいいから研究してこいという。誰の書いたものだったか記憶にないが、私はその文章から、私なりに考えたことを何行かの短い文章にした。ああでもない、こうでもない、こうだろうか、いや、こうかもしれない、……。結論は出なかった。ただ、考えたことの経過だけをノート半分ほどの短さに綴《つづ》ってみたものだ。こんなに少ない分量では、また、頭を叩かれるだろう。びくびくしながら、提出した。

しかし意外なことに、先生は、「いい文章だ、国語の宿題はこんな風に、考えた跡を記していけばいいのだ」とクラス全員の前で一番に褒《ほ》めてくれたのである。結論や成果でない、過程こそがすべて、そこに喜びがある。私はそのことを深く会得したが、大嫌いだった先生が、私の考えた道筋を、共にたどってくれたということに、複雑な嬉しさを感じた。先生はまた、私が活けた花のセンスがすばらしいと、ただ一度だけ絶賛してくれたこともある。しかし褒められたのは、この二つだけ。あとはひたすら恐ろしい目にあったという記憶しかない。だから最後まで、うちとけることはできなかったが、嫌いな人とも、美意識のようなところで結びつくことがあるのだという思いは、不思議な感触で私のなかに沈んだ。好き嫌いで切ってしまうと、何かをとりこぼすことがあるかもしれない、そんな思いを抱いたものである。

後に先生は離婚して一人になり、まもなく癌で死亡した。五十代ではなかったか。かつての同級生に誘われてお見舞いに行ったとき、先生は甲高い声を出してよろこばれ、病室でお茶を入れてくれた。湯気もたたず、とても不味そうなお茶の色だった。命の薄さまでそこに写っているようで、私はどうしても飲むことができなかった。そのことは、今でも思い出すたび、心に小さなささくれを作る。

落ちていく

友達と話をしていて、話題が「挫折」のことになった。人生最初の挫折は、何であったか。彼は、自分の作った飛行機が、一瞬にして墜落したことであるという。

「当時、無線操縦の飛行機は高かったんだ。家がガソリンスタンドをやってたから、そこでアルバイトをして、ようやく金をためた。何万円もするようなやつだったな。小学生には、物凄い大金だったよ」


まだ、家族が誰も起きてこない冬の日曜日の早朝。こっそりと寝床を起き出した。自転車の籠のなかには、昨夜、組み立てたばかりの真新しい飛行機。どきどきする胸を落ち着かせて、白い息をはきながら、土手を走り、広場につく。

「いつも遊んでる広場なのに、そのときは、こんなに広かったかな、と思ったことを覚えてる」

広場にいたのは、おそらく彼一人。きっとそのせいであったろう。飛行機少年の孤独と挫折は、その広場の風だけが証人なのだ。

リモコンのレバーを指で押すと、飛行機はごく静かに地上を滑りだし、おごそかに青空をまわり始める。

——うん、いいぞ、いい感じだ。

それから、まもなくのことだった。空の高見で、急に止まったかと思うと、機体は、地上に向かって、一直線に墜落した。あまりにあっけない出来事だった。走っていってみると、機体はばらばら。部品は草むらのなかに砕け散っていて、拾い集めるのが大変だったという。

「墜落する瞬間がわかるんだ。飛行機が、空中で、一瞬、とまる。あ、だめだ、と思った。あのときのことを思い出すと、今でも時間がとまったようだよ。飛行機がまっ黒な、焦げた固まりになって、俺の中を今でも何度でも落ちていく」

私にも、身に覚えのある感覚だった。

落ちていく瞬間が、止まってみえるというのは恐ろしいことだ。それはまるで、その先に続く不幸をはっきりと認識するために、何者かによって用意された準備の間のようである。

不幸という言葉に限定しなくてもいい。人生が大きく変わっていこうとするとき、何か恐ろしい予感が、自分の身を射抜くことがないか。

「時間」は凍り付き、そのなかを、生涯が一瞬にして流れさっていく。その後の道のりが、下降するのか上昇するのかはわからない。ただ、もう、自分の力ではどうにもならない流れのなかに、押し流されていくであろう、小さな自分を実感する。

かつてわたしは、小さなアパートで、真夜中に一人、目がさめて、そんな予感に捕らわれたことがある。

ところで、彼の場合、あの直後にお父さんが事業に失敗。家族を見捨てて失踪したまま、未だに行方がわからないのだという。鮮やかに記憶に刻印された、飛行機墜落の一瞬は、裕福で輝かしい少年時代の終焉をも暗示していた。

そんな話を聞きながら、いつのまにか、落ちていく飛行機が、自分自身にも重なっていた。見えない死に向かって、きりきりと落ちていく一体の飛行機。この世では緩慢な速度であっても、宇宙の目によって測られれば、悲しいほどの素早さであるだろう。

消える

あなたは今まで、どれくらい、モノをなくしてきましたか。そう問われたなら、わたしもまた、長い物語をしゃべれそうだ。

だが、なぜ、なくなったかを考えるとき——まさにそのことが、なくすということなのだろうが——どうしても思い出せないのだ。「ある」と確認した最後の地点と、「ない」と認識した現時点。そのあいだが、どう、たどってみても空白である。モノと同時に記憶がなくなっている。

あるひとつのことから、別のことをひょいと考えるすきま、ぱっと想念が遠くへ飛ぶ瞬間、そのようなはざまに、モノは消える。まるで意識や意志をもつように、モノは落ちたり、まぎれたり、はさまったり、すべったりして、目の前から姿を消す。

高校生のとき、通信簿をなくした。これはもう、探しに探したが出てこなかった。

捨ててしまったのだろうと思う。大事なものであるという意識があった。むしろだからこそ、その重いものが、ふっと消えた。もしかしたら、劣等生だったわたしゆえ、大事なそれを、無意識に葬ろうとしていたのかもしれない。

モノをなくす醍醐味（？）は、実は、このあたりの感触にある。なくしたとき、なにか、心の、深い闇に触った感じが残るのだ。

現実的には、なくしたことで、叱られたり、本人が非常に困ったりという「処罰」が待っているわけだが、本当の裁断はすでにそれ以前に為されている。つまり、心の奥の「翻り」＝意識の切断が起きた時点で、私は誰か（それはモノ自体であるとも、自分自身でもあるともいえるかもしれないが）に叱責されている。

通信簿の一件だが、夏休みが、いよいよ終わるというその日、当時、担任だった先生の家に思い切って電話した。すると、電話口に出られた先生の声の方が、緊張でかちかちになっているのがわかる。通信簿のことを「告白」すると、とたんに緊張がとけ、「な〜んだ、そんなことか。もう一通、複製もあるし、そんなこと、気にすんな、明日から元気で出ていらっしゃい！」。

わたしのほうも、ふわーっと力が抜けた。先生がおっしゃるには、生徒から夏休みにかかってくるほとんどの電話は、親が死んだ、事故を起こしたなど、たいがい不幸なことがらであるので、それで聞く前から緊張するのだという。いい先生だった。

わたしはそのほかにも、さまざまなものをなくした（自慢してるみたいだが）。なくしたものが、出てきたことは――ない。もう一度、問う。なぜなくしたのか。考えても、理由はみつからない。みつからないが、なくしたあと、なくしたところから、始めるしかない自分は新しい。

それは一種の初期化である。

意識的にしろ、無意識にしろ、生きていくことは何かを失い続けることであり、また失うそのことが、エネルギーなのだ。と、書いて欺瞞《ぎまん》だなあと思う。わたしはまだ、なくし切ったどん底を知らないでいる。

究極の喪失は、自分の死だろうが、死とはわたしが、なくなることなのか？いやむしろ、わたしのまわりのひとやものの一切が、うしなわれ尽くすことではないか？

今までさんざん、なくしてきたが、その果てに、失うものなど何もない世界が、岬の突端のように、いきなり、広がっている。そして眼下には、暗い怒濤の海。

時計の登場

腕時計をしなくなって、どれくらいになるだろうか。待ち合わせのとき、時々不便を感じることがあるが、私にとっては、なくても構わないもののひとつだ。そもそも時計とは相性が悪かった。子供の頃、時計がまったく読めなかったのである。読めないというより、時計というものの概念がよくわからなかった。でも、こんな子供が、今もどこかにいるような気がするので、今日はそのことを書いてみたいと思う。

七歳頃のことである。ある日、時計のテストが行われた。「図の時計は今、何時何分を指していますか」とか、「三時まで、あと何分でしょう」とか、「九時のときの長針と短針を描き入れなさい」とか、おそらくそんな問題が出されていたはずだ。私にとって、初めて意識された、学問としての（？）時計の登場である。

とにかく、皆目わからない。隣の席の山口くんは、勉強はまるでできなかったが、意地悪な所がなく、ひょうきんで優しい男の子だ。勿論、時計はすらすら読める。そこで、私は、山口くんの答えを、そっくりそのまま、写すことにした。あからさまにカンニングをしたのである。

当然、先生に見つかって、私はひどく叱られた。そのことは、どう考えてもよくないことである。しかし私は、叱られながら、どこかうつろだったことを覚えている。時計が読めないという事実の方が、道徳的な問題よりも、はるかに大きな問題であったからだ。時計もわからずに、これからどうやって生きていったらよいのか。そもそもなぜ私は、時計がわからないのか、そのこと自体が、よくわからないことだった。

大人になるに従って、私たちの生活からは、隙間というものが失われていく。知識や情報、経験が次々と補填され、「わからない」ということにある新鮮さや驚きが、次第に干からびていくように思う。それだけに、当時は、まったく否定的にしか捕らえられなかった「わからない」ということが、今の自分には、様々なヒントに満ちた、可能性の住みかのようにさえ、感じられるのだ。「わからない」という混沌のなかから、私たちが生まれて育ってきたことを、思うのである。

時計と無縁だったあの頃の私にとって、時間とは、飴状のどろどろとした液体のようなものだった。時は「今」という一点に、限りなくあふれている泉であり、決して、あと何分というように、未来のある一点から遡《さかのぼ》って計るような、脅迫的なものではなかった。未来が、明確に意識されていなかったのかもしれない。人生設計とか計画というものに、子供は無頓着なものである。

過去についてはどうだろう。例えば友達と別れたり、飼っていた動物が死んだりしても、そのときは悲しむ。しかしすぐに忘れて、案外けろっとしてしまうのではないか。

ある年齢までの子供というものは、圧倒的な「現在」を食べ尽くして生きている、猛獣のようなものなのだろう。そんな猛獣の時間感覚が、時計という、二十四時間の形のなかに、突如として丸め込まれ、長針と短針の運動として、確定した数値に置きかえられるのだ。時計もわからなかった劣等生の、言い訳めいた考えだが、時計の登場は、子供生活における、一つの理不尽な「力」の介入であったと、そんなふうにも思うのである。

ビュルビュルを探して

イスタンブールに行ってきた。

トプカプ宮殿の歴史を紹介する番組に、旅人役として参加することになったのだ。宮殿が創建された十五世紀から、四世紀にわたる歴史を探るなかで、ビュルビュルという鳥を取材することになった。

オスマン・トルコ帝国の歴代の絶対権力者・スルタンたちは、自らの地位を守るために、皇位継承の際、多くの「兄弟殺し」を行ってきたが、そのあまりの悲惨さに、十七世紀以降は、殺すかわりに、皇位継承の資格を持つ若い皇子たちを、幽閉する方策をとるようになった。幽閉所は、「黄金の鳥籠」と呼ばれ、幽閉された皇子たちは、外の状況をまったく知らされず、教育も施されない有様だったという。当時の宮廷文学では、幽閉された皇子たちをこのビュルビュルに喩《たと》えていた。

いったい、どんな鳥なのか。なんでも鳴き声がとても美しく、現代のトルコにも生きているという。ただ、山奥にしか生息しておらず、街中で見ることは難しいらしい。

トルコには愛鳥家がとても多い。イスタンブールには鳥専門のペットショップが何軒も並ぶ通りがある。さっそく足を伸ばしてみたが、ビュルビュルの実物にはなかなか会えなかった。ある店員さんによれば、「ビュルビュルは渡り鳥で、自由を求める鳥だから、鳥籠で飼うと、二、三日で死んでしまう。だから、そもそも飼えないし、売りものにもならないよ。でも、トルコのひとにとっては、鳴き声が美しいので、特別の鳥だ」というのである。

とにかく、その声を録音したい。そうこうするうちに、ビュルビュルの声で鳴くカナリアを飼っている老人がいるという情報が入った。愛鳥家のなかには、こうしてわざわざ、ビュルビュルの声を、ほかの鳥に覚えこませるひとが多いのだという。

そのひと、ホシュラルさんに会ったのは、公園のなかにある、古い喫茶店だった。ときどやってきた彼は、六十代かと思われる、ちょっと猫背で小柄なひとだった。

き、臆病ともいえるような繊細なうごきをする。まるで鳥のようだ、とわたしは感心した。一方、その目は、鳥のなかでも猛禽《もうきん》類のそれで、大きくて透明、相手を見据えるような強さを持っている。絞めているネクタイも鳥の柄だった。すみずみまで、鳥の世界に浸されている。

携えていた鳥籠をテーブルのうえへ置くと、彼は、ゆっくりと覆い布をとった。確かに、なかには、綺麗なオレンジ色のカナリアが一羽。カメラのIさんも、音声のSさんも、固唾《かたず》を呑んで見守っている。「さあ、鳴いておくれ」……。どれくらい、時がたっただろうか、一時間、そして二時間、三時間……。

途中、ホシュラルさんは、カナリアに、ビュルビュルの声を録音したテープを聞かせたり、チュ、チュ、チュ、と舌打ちしたり、貝のような、石のようなものをこすりあわせたり、一所懸命に鳴かせようとしたが、カナリアはなかなか鳴かないのだ。

次第にあせってきたホシュラルさん、「この鳥には親鳥がいて、それにもビュルビュルの鳴き声はしこんであります。親鳥が鳴けば、子も鳴くでしょう。いまから、うちへ戻って、親鳥をすぐにつれてきます」と言う。そして言葉どおりに、親鳥を連れてきたが、結局、カナリアの親子は鳴かなかった。

彼はすっかり自尊心を傷つけられてしまったようだ。ちょっと悲しそうな顔をしている。通訳のエルダルさんが、わたしたちにこっそりと耳打ちする。「彼、今、恥をかいたように思っていますね」。恥という言葉に、わたしはまるで、自分が傷ついたような痛みを覚えた。

番組づくりに少しでも協力できれば嬉しいと、出会ったとき、控えめな挨拶をしてくださったホシュラルさんだが、結局、役に立たなかったと、くやしく思っているに違いない。

でも、わたしは思った。鳥が鳴かなかった、この数時間、わたしはなんて不思議なときを過ごしたのだろうと。声に耳をすませ、ただひたすらに待つこと。それは忙しい東京の暮らしのなかでは、考えられない時間だった。

その日は朝から雨が降っていた。雨のなかで、見たこともないほど、美しい朱に色づいた蔦《つた》が、暗い喫茶店の、窓辺の外側にロマンチックにたれさがっていた。その一角の椅子に腰をおろして、わたしたちは人間の言葉を何一つ交わさず、ただ、鳥の声を待っていたのだ。

それにしても、カナリアにビュルビュルの声を移すとは、なんと奇怪で高貴な趣味だろう。カナリアを飼いながら、同時にビュルビュルの声を飼う。ビュルビュルの魂を飼っているのである。ひとはこうして、声のなかに、記憶というものを探るのだ。

カナリアはなぜ、鳴かなかったのかしら。もしかしたら、声（魂）が、ビュルビュルの本当の身体を求めて、どこか遠くの山奥にまで、外出してしまったのではないのかしら。

ああ、ここには詩がある。詩が生きている。鳴いた鳥より、鳴かなかった鳥に詩を感じて、わたしは、ぼんやりとカナリアを眺めた。

寂しそうにうなだれるホシュラルさんに、わたしの、この気持ちを伝えたいと思った。でも、同時に言葉にはしたくない、できないとも思った。トルコ語を知らないわたし。トルコ語しか知らないホシュラルさん。通訳のエルダルさんを間にはさみ、わたしたちは、少しのあいだ、無言の時のなかにたたずんでいた。

IV

野犬だったころ——中学生に寄せることば

空は晴れているばかりが美しいわけじゃない。雨が降ってきそうな冬の一日。光も射さない灰色の空を眺めながら、あ、この感じ、なんだか妙に懐かしいな、と思った。記憶がいきついたのは、中学生のころ。あのころの、どうにも晴れあがらない荒れた心に、冬の風景がぴたり、重なる。風景って面白い。こんなふうに、心の状態を、鏡のように照り返して見せてくれる。

わたしは学校にうまくとけこめなくて、きっといじけた暗い目をしていた。友達も少なく、傷つくことばかりが多く、やたらと先生や母親にむかついて、なんだか少し悪いことがしたかった。そのくせ勇気がなくて、おとなしくて、まじめで、弱気で、ときどき強気になって、プライド高くて、とにかく、非常にむずかしいのだ。ああ、疲れる。

でも、わたしは、そうして荒々しくふくれあがった内側を、決して人には見せなかった。学校では、結構、にこにこと、いい子をやってたような気がする。孤独だったが、そんなのは当たり前のことで、さみしいだなんて思わなかった。一人になると空気が吸えた。集団のなかでは、うまく吸えなかった。そんなころ、図書館の詩のコーナーで、偶然、山之口貘詩集を手に取った。詩って面白い！　と興奮した。でもそれを共有できる友人は周りにいなかった。それもまた、当たり前のことで、さみしいとは思わなかった。あのころの自分は、ほとんど野犬。

　そんなふうにしていると、周囲から、本当に人間の友達がいなくなってしまうことがある。そういうとき、自分の目に膜がかかり、ちょうど冬の日の、どんよりした灰色の空みたいな感じになるんだ。あくまでも内面の感じだから、なかなかうまく、伝えられないのだけれど……。今も、わたしの目は冬の曇り空をはりつけたままだ。でも、こうして生きていますよ。なにがあっても生きてほしいな。灰色の、冬の曇り空って、すごく美しいよ。光は、そこを、突き抜けて射してくる。

何があんなに面白かったんでしょう

――「わたしの好きな遊び」というテーマに寄せて

淫靡《いんび》なタイトルですね。「わたしの」「好きな」「遊び」。いけない単語はないのに、全体として組み合わさると、隠れ部屋めいたひっそり感がある。うしろめたいことを書けよというメッセージが伝わってきました。

困っているのは、わたしには、とりわけ好きな遊びというものがないからです。というのも、何かをやるとき、すべてに、いつもムキになってしまうからで、そのシンケンさを、ひとに笑われてきました。

子供のころ異常に熱中したゲームにダイアモンドゲームがあります。ご存知のように、ひとつの陣地から向こう側の陣地へ渡るだけの単純なもので、なぜか、わたしは強かったです。面白いという興奮をいっぱいにして、全身、すきまもなく、戦うのですから、強くないわけがないですね。

「三人」というのが、あのゲームの最大人員だったと思いますが、その三人で、やっていると、中央の広場で、赤・黄・緑が合流し、合戦のごとく、入り乱れるのです。そこに来ると、自分の視線が、ふーっと高くなるのがわかります。

ああ、地上では、ああしてみなが、入り乱れておる。俯瞰《ふかん》的視線には、厭世《えんせい》的な気分も含まれていて、子供ながらに、好きでした。わたしも一部分として戦っているのですが、あるとき、全体がクリアに見える。それはスリリングな瞬間でした。

それぞれが、それぞれを利用しながら、駒を飛び越え、進むのですが、それも、いずれは収束していきます。入り乱れ、戦い、すーっと引く。おさまるべきところへ、おさまっておしまい。ダイアモンドゲームで、何が残っているかといえば、もりあがってはやがて沈む、イキモノのようなあのリズムです。

すべての移動が終わるまでには、多少の誤差があり、それが勝負を分けるのですが、数駒の微差であり、いずれにせよ、みな、ゴールすることに変わりはない。それをみな、どんな小さな子供も、よく知って、参加します。

入り乱れる場面は華やかでどきどきしましたし、引いていく場面もそれはそれは静かできれいなのです。そして最後、兵隊たちが、みごと、全員、むこうの三角へ移ったとき、ごっそりと何かが移動したという、不思議な感覚がハラワタに落ちます。

これは今考えると、引越しをしたあとの、空虚さと充実感によく似ていますね。何かが移る、あるいは移すって、なかなかすごい行為です。わたしはダイアモンドゲームをしたにすぎないのですが、何か別のことをしたのではないかと、今、思うほどです。

そしてあらゆる局面で、ゲームの駒同士がつくる「かたち」があるのですが、そのかたちがクリアに見えてくるのは、いつも一つの局面が、終わる寸前のときなのでした。

さて、大人も大人になって（二十代の終わりころ）、わたしは子供のころから強く念じていた詩を、ようやく書けるようになりましたが、いちばん、もりあがっていたのは、三十六、七のころです。そりゃあ、面白かったですよ。詩を書くことは。脳内に打ち込まれた麻薬のようでした。今もそうですが、わたしはくるっておりましたね。会社に勤めていたんですが、朝早く起きてすることは、詩を書くこと。午後五時半が来ると、残業する同僚を残し、さっさと退社して。詩のことばっかり考えてました。これ以上の遊びは、ないと今も思いますが、ダイアモンドゲームで、ぐんぐん進んでいく感じと、まったく同じ感覚です。

そのころ、地味な詩の雑誌を自分で作ってました。カットを描き、自分の詩をワープロで打っては、キヤノンの、五万円で買ったミニコピー機で印刷し、一枚、一枚、自ら紙を折り、それをホチキスでとめて、作るんです。がったん、ばっこん。作っても誰かに送っても、どうせ捨てられてしまうんだけど、そのころは、読んでもらえるかもしれないと思って、いろんなひとに送る。せいぜい、十人くらいですが。ほかにやることはなかったのかねえ、と思いますが、なにしろ病気ですから、誰にも止められません。

その雑誌ができあがると、毎回、興奮しました。モノが、「できあがる」ってことが、自分でやってて、信じられないんです。なんで、できたんだろう。その不思議さを体験したくてまた、作る。

できあがるときには、その寸前に、奇跡的に何かの力が働き、それまでばらばらだったものが統合されるという感触がありました。だから、できるまでは、じわじわと進みますが、できあがるときには、できあがる寸前に、さっと一気に仕上がってしまう。そうとしか思えない。あのダイアモンドゲームで、三角形にすべてがおさまったときのように。

それにしびれて、十五号まで作り、それからやめました。これを凌駕《りょうが》するような遊びには、その後、残念ながら出会っておりません。

祭りの昼と夜

わっしょい、わっしょい。夏祭りというと、神輿をかつぐ男たちの、威勢のいいあの声が蘇る。わたしは江東区の深川で生まれた。深川といえば富岡八幡宮の例大祭。子供の頃は毎年行われていたが、今、本祭りは三年に一度になった。それ以外の年は陰祭りと呼ばれ、町内ごとに神輿が回る。女神輿や子供神輿を持つ町もあるが、わっしょい、わっしょいは、どうしたって、胆力のこもった低い男の声で聞きたいものだ。

男女平等が当たり前に育ったが、こういうことになると、わたしは古くさくなる。というか、祭事になると、人間には古《いにしえ》の人々の感覚が戻ってくるのかもしれない。相撲の土俵に女があがれないと聞いても、わたしは少しも不満でない。それと似たような感覚である。

生命力の強い女が、甲高い声を出して神をかつぐ。どこか生臭くて、かなわない、という気がする。それになんといっても、神輿は重い。男だって、初めてかつぐ人は音をあげてしまう。本棒と呼ぶ、中心となる棒のところには、ずしりと神輿の重みがかかる。なかなか交代できなくて、肩のところが真っ赤に腫れ上がってしまう人もいる。

それに比べれば、見るだけの女（私）は気楽である。日頃、背広や仕事着を身につけた彼らが、ハッピ姿で、水をたっぷりかけられ、男ぶりを数段あげて、陽に焼けたたくましい二の腕だの、胸板などをのぞかせながら、必死に通りを練り歩く。その姿は、やっぱり、一度は見ておかなければならないものではないだろうか。

今、わたしは東京の西のほうに住んでいる。こちらのほうでも、夏から秋にかけ、御神輿が出る。でも水は、まったくかけない。水をかけるのは、深川だけだ。だから見ていて物足りない。いきなり、郷土愛が芽生えてきて、水もかけないとは、なんというつまらなさ、これが祭りかと、半ば怒って他人のように素通りする。神輿をかつぐとはこんなものではないという、強烈な思い込みが育ってしまっているのである。

わっしょい、わっしょい。あの声には血をわきたてるものが確実にある。遠くから、聞こえてくると、そわそわしてしまうのは、子供の頃も今も変わらない。盥《たらい》にたっぷり水を用意し、洗面器ですくっては浴びせかける。体にぴったりとはりつくハッピ。睫《まつげ》も濡れる、髪も濡れる。水をぬぐって笑う顔、怒ったような顔、何かに耐えているような顔。

そういうなかに、幼なじみの男の子を発見するのは、歳を重ねた今の楽しみだ。結婚して、子供もいる、十分な男ざかりを迎えた彼らの、顔にはどこか面影が残っていて、たくましくなったなあ、かっこいいなあと、ほれぼれと見直す。なるべく、見つからないように、こっそりと。わたしも十分なオバサンになったから。

昼間、そうして神輿の連合渡御《とぎょ》を見物し、夜は夜で、盆踊りや余興、夜店を歩く。子供の頃は町内に子供が多く、のど自慢大会や、すいか割りなども行われていた。楽しかったなあ。材木屋の多い地域である。木材置き場や駐車場などもあって、広いスペースには困らない。そういうところに、舞台を作る。マイクを持った司会者は、近所の材木屋に番頭さんとして勤める、ひょうきんなおじさんである。

そうした祭りの場の「空気」を、もっとも敏感に感じ取っていたのは、やはり、十三、十四のころではなかったか。祭りという磁場に触れて、自分のなかの感情が、思いがけなく揺れたことを、わたしもまた、思い出すのだ。一葉の『たけくらべ』ではないが、かすかな恋情もあったような気がする。

盆踊りのためにセーラー服を浴衣に着替え、下駄をひっかけ、会場へ急ぐ。気になる男子が来ているとか、来ていないとか。級友たちの心配をよそに、生意気なわたしは、別の思いにとらわれていた。

自分は闇のなかにいて、踊りの輪には、なかなか加われない。どこかで誰かが見ているかもしれないから。

自意識ばかりが強くって、思い出すとき恥ずかしい。同級生の男の子は、みんな自分より幼く見えた。わたしが好きだったのは社会科の先生で、背の高い先生のシルエットを、灯りの下に発見したとき、どんなにか胸が高鳴ったことか。

先生は、わたしたちの姿を認めると、「踊らないのか」と問いかけた。

まぶしいものを見るような、あのときの先生の瞳。わたしはあっという問に、四十を超えた。信じられないことである。

すすきのなか

ずっと昔、仙石原《せんごくばら》というところを、車で通りかかったことがある。あたり一面、すすきの群れ。男のひとといっしょだった。

「ここ、すすきの名所なんだよ」

と彼が言った。

自衛隊の演習場が近くにあり、馬鹿にキレイに舗装された道を、軍用トラックみたいなのが走っている。そこから、ヘルメットを被ったひとが、目から上だけ出して、偵察？　していた。

もう冬に近い秋だったので、ほとんどひとの姿はない。空は真っ青で、すすきは陽の光に、きらきらと輝いていた。わたしたちは車を降りて、すすきの野原を歩いてみることにした。

わたしの背よりも高いすすきが、ぼうぼうと風にゆれている。そういうものに取り囲まれていると、ひどく厭世的な気分になった。

さわさわさわ、

ざわざわざわ、

彼が先にたち、歩いていった。

道が途切れると、その先は、すすきをかき分け、進まねばならなかった。

先をゆく、彼の姿は、最初、ちらちら見え隠れしていたのに、夢中になって歩いているうち、いつのまにか離れてしまったようだ。右も左も前も後ろも、見渡す限り、すすきばかり。私は完璧な迷子になった。

でも、タスケテーとは、叫ばなかった。ちょっとこのまま、迷子でいようと思った。いや、ちょっとでなく、ずっとこのまま、すすきにまみれ、すすきになってしまったって、いいと思った。

すすきのなかを、ひとり、歩んでいくと、彼とこのまま別れても、少しもかまわないという気分になるのだった。人間に深く倦《う》む気持ちが、すすきのなかにいると、わいてくるのだ。おそらく彼も同じことを感じていたのではないだろうか。

このあいだ、俳人の小澤實《みのる》さんが書かれた、『万太郎の一句』という本をめくっていたら、久保田万太郎の、こんな一句をみつけた。

また道の芒《すすき》のなかとなりしかな

気がつけばいつのまにかまた、ぼうぼうたるすすきのなかに、取り囲まれてしまった。どっちへ向かって進んでいいのか、わからない。そんな感慨が込められた一句だ。まさにわたしが、仙石原で経験したような風景。

「また道の」という歌いだし――歌いだす、というのは、短歌のほうに相応しいかもしれないが、この俳句の冒頭は、なぜか、歌いだす、という感じがする――なかなか出ないよなあ、と感服する。

また、という言葉が出てきたところを、深く降りていけば、言葉のない、仙石原のような風景につきあたるような気がする。そこには人間が一人もいない。

小澤實さんは解説で、この句のことを意外にも「明るい」と書いている。「a音がたくさん並んでいる」と。ああ、ほんとだ。開かれた音のなかで、すすきがきらきらと、無言で輝いているのが見える。

だが、そのきらめきは魔物である。この世を抜き出たものだけが持つ、意味の欠落した物騒な輝き。じっと見ていると見ているほうが、狂ってしまうのではないかと思われる。

何かを見失い、呆然として、なおも生は続くというような瞬間が、どんなひとにもあると思うが、そういうとき、そのひとは、「すすきのなか」にいる、と言ってもいいのだろう。

呆然自失、絶対の孤独。けれどひとは、そういう状態を、同時に求めているようなところはないか。すすきにそそのかされて、今歩いている道を、踏み外してしまいたいというような。

仙石原をいっしょに歩いたひととは、やっぱり縁が続かなかった。原因は……やはり「すすき」だろうか。そうだ、絶対、すすきが悪い。

わたしの好きな百人一首

時々、ユーチューブで、海外の詩人たちの朗読を聞く。地声を聞くと、活字ではまったく入ってこなかった詩が、いきなりふうっと身の内に入ってくることがある。あれは不思議だ。

取りつく島もなかった作品の表皮が壊れ、わたしにも、作品を「さわれる」という親しさが生まれる。このあいだも、エズラ・パウンドの声をネットで見つけ、何回も聴いてみた。『詩篇』*Cantos*の冒頭を、おじいさんとなったパウンドが、しわがれ声で朗々と読んでいた。そのとき、わたしは少し理解した。長い航海（詩篇）へ乗り出していく、詩人の胸の高鳴りを。

声が、回路を開く。声が、作品の一番外側を覆っている、固い殻を破るようだ。詩がわかった、というのは、意味がわかったということではない。浸透圧のように、詩のほうから、何かがこちらの内部に染み入ってくること。自分のなかからも出ていくものがあること。作品と我が身のあいだを隔てている壁が、声によって決壊する。

和泉式部はどんな声をもっていたのだろう。持統天皇は？ 紫式部は？ 蟬丸は？ 伊勢は？

和歌のなかに響く声は、もはや「個人」の声などではなく、顔のない不特定多数の声が重層的にかぶさっているのだと思うけれども、詩の源にひとつの声をおき、そこへ我が声を重ねあわせるということが、詩歌を読むということなのだと思う。古の人に唱和する。観念的な多重唱。歌はその文字を読んでいても、音楽の経験に限りなく近い。

他者の声（作品の声）は、読む者のなかから、アトランダムに様々な記憶をひきずり出す。声に触発され、何が出てくるか、それは自分でもわからない。

次の何かを引きずり出すという意味で、すぐに思い出されるのは枕詞だが、ならば枕詞とは、誰かの「声」を——誰の声だか、わからないが——しまい込んだ装置と言えないだろうか。そしてただ、声というだけでなく、拡声器のように、一首の「声」を、広げていくものとしての枕詞。

あしびきの山鳥の尾のしだり尾のながながし夜をひとりかも寝む　　柿本人麻呂

今、わたしが惹かれているのは、こういう歌だ。百人一首には様々な歌があり、一つを取り上げるとなると悩みに悩む。が、今の今、わたしはやはり、この歌を選びたい。

なんて地味な歌だろう。独り寝はさみしいことだよと、ただそれだけを嘆いている。内容があると、いえるのだろうか。いや、無内容だから輝いている。「長い夜」という、それだけのことを言うために、上の句全部が使われている。地味といえば、色彩にも、何らきらびやかなものはない。晩秋から冬にかけての、肌寒い季節。山鳥自体、くすんだ枯葉色の色調を持つ鳥で、それに加えて男の独り寝とくれば、内容的には「チョーワビシー」の一言だが、しかしどうだろう、これは歌の恩《おん》寵《ちょう》か、詩歌をここにあらしめたという事実のほうが圧倒的で、あまり可哀想な感じはしない。音声的には、なんて華麗な歌かと思う。

『万葉集』には、作者不明のものとして、同じ歌が掲げられている（第十一巻所収の歌「思へども思ひもかねつあしひきの山鳥の尾の長き此の夜を」のあと、「或る本の歌に曰く」として）。それがいつのまにか、人麻呂の作とされたようだ。

「あしびきの」は、「山」「丘」「峰」などにかかる枕詞。わたしは枕詞を、誰かの声なのだと書いてみた。しかしいったい誰の声かと。誰の声かわからないのは、それが単独の声ではなく、複数・匿名の声だと感じられるせいかもしれない。言葉のための言葉である枕詞には、一人で立つ人間の匂いがしない。

この枕詞を含む、「……しだり尾の」までの上の句もまた、「ながながし夜」へかかっていく、長い序詞《じょことば》であり、ここにもまた、プライベートな声調はない。パブリックなコーラスの声。ギリシャ劇には、コロスと呼ばれる合唱隊が出てくるが、ああいうものを重ねて連想する。

渡部泰明氏の『和歌とは何か』（岩波新書）は、わたしのような一般読者に、比喩を駆使しながら和歌の秘密をわかりやすく解き明かしてくれる名著であるが、この本で、枕詞や序詞の他に、「つなぎ言葉」なるものがあるのを知った。上の句（序詞）と下の句（歌の主要部）の、ちょうど重なりあうところ、そこに位置して、二つをジョイントする。さらに渡部氏は、「つなぎ言葉」に、音の一致＝「声をあわせる」という感覚があることをも指摘している。前掲の歌でいえば、「ながながし」が、この「つなぎ言葉」にあたるだろうか。

この一首に、オーの明るい母音がやたらと響いているのも、読めばすぐに気がつくことだ。「の」（NO）の音の重なりは言うまでもなく、山鳥の「鳥」（TORI）、ながなが し夜をの「夜」（YO）と「を」（WO）と。

音が玉となり、数珠となり、じゃらじゃら音たてて繋がっていく。夜の尾っぽを引き伸ばしていくのは、この音である。

山鳥というのはきじ科の鳥とされ、雄のほうが、長い尾をもつ。昼間は一緒にいても、夜になると、雄と雌とが谷を隔てて別々に眠るという。当時は通い婚が一般的。恋しあっていても男女別々が基本形で、だからこそ、一日のうちの「夜」という時間は、特別なものだったろう。闇のなかで、心も身もこがす、恋を「孤悲」とすら記した万葉の人にとって、独り寝の悲しみは、恋をさらに燃え立たせる「薪」のようなものだったかもしれない。わたしはこの歌の芯に、侘びしさに混じった華を感じる。実に「地味派手」な歌だと思う。

ところで、『枕草子』の「鳥は」の段にも、たくさんの鳥にまじって、山鳥が登場し、雌雄が「谷を隔てる」という記述がある。清少納言が書いているのは、主に、鳥の「声」のことで、鳥とは姿よりも、まずはその声で、存在するものであったことがわかる。「山鳥」のところを引用してみよう。

山鳥は、友を恋ひて鳴くに、鏡を見せたれば、なぐさむらむ、いとわかう、あはれなり。谷をへだてたるほどなど、いと心苦し。

山鳥というのは、友を恋しがって鳴くとき、鏡を見せるとなぐさめられるらしいのは、子供のようで純真だ、しみじみとする。谷を隔てて（雌雄が）寝ていることなども、気の毒なことよ。——こんな意味だろうか。

子供のころ、わたしも十姉妹を飼う鳥かごに、小さな鏡を置いていた。磨いてやるようなことは考えもせず、鏡はいつも鈍く曇っていた。思い出すのは、あの鏡のことだ。あの鏡を通って、古の歌人の世界へ、わたしは今、入って行けそうな気がする。

ところで山鳥は、どんな声で鳴くのか。うぐいすのように、華麗な音声を響かせる鳥とは思えない。この一首にふさわしいのは、滋味のあるくぐもった声だ。その山鳥の、恋ひて鳴く声を、響かせて読んでみたい。するとものの言わぬ人々の思いが、いっそう濃密に感じられる。

同じ床に眠っていても、人は同じ夢を見るわけではない。くっついていても孤独は孤独。そう思うが、谷を隔てて離れているという物理的距離が、この歌にはどうしても必要で、その遠距離があるからこそ、歌の内部に、莫大な空間が広がる。ただ、遠いのでなく、清少納言も書いたように、「谷を隔て」て、遠いのである。そのことも、わたしたちのなかに、水平方向の遠さばかりでなく、垂直方向の遠さを呼ぶ。谷の深さは孤独の深さ。

誰もが抱く、かけらほどの小さな心を、万葉の歌人は、こうしてあえて長々と詠んだ。長いと言っても本当は短い。たった三十一音だもの。しかしここで、長いと言ってしまうのは、やはり上の句と下の句を比べてみるからで、心（下の句）のほうが短く、修飾（上の句）のほうが長い。そこにわたしは立ち止まり、感じ入る。修飾＝演技と言ってみれば、一滴の本音を言うために、枕詞だの序詞だのの、これだけの装置が必要だった。一首は、歌の劇場なのであった。

そうして、枕詞や序詞があるからこそ、わたしは歌を覚えられる。実に物覚えの悪いわたしが、あしびきの、と言われれば山、山鳥が出てきて、尾っぽが出てきて、そこまでくれば、あとは残りがずらずらと。

流れては消え去っていく、膨大な人の記憶のなかに、歌は一瞬の渦巻きを作る。よどみを作る。ササクレを演技的に作る。

ああ、独り寝は寂しいよ。誰も反対はしない、わかりきったことを、歌びとはあえて歌にする。一度目は経験、二度目は創作として、現実を再び演じる。素材にされた二度目の寂しさは、もはや自分のものではない。作った人も、ほおと驚く、何か別のものに変化している。それが現実を乗り越えるということなのか。そうしているうち、長い夜が明け、いつのまにか、朝が来ていた。

インド・コルカタ・タゴールの詩

インド東部のコルカタへ、二週間、行ってきた。当地は人口密度が非常に高い地域のひとつとして知られている。その状況を映像におさめ、ハイビジョン番組を制作するというのが旅の目的。わたしは番組の「旅人」役だ。

ところで、この市《まち》からは、高名な詩人が生まれている。アジアで最初のノーベル賞に輝いた、あのタゴール。わたしも名前だけは知っていた。が、今回のような機会がなければ、詩集を手に取ることもなかったかもしれない。

そんなに昔のひとではない。インドが独立する六年前、一九四一年に八十歳で死んでいる。非常に幅広い仕事をした。詩のみならず、小説も書き、絵も描き（専門教育を受けたわけでないが、とても魅力のある絵だ）、作曲もした。自然を愛し、宗教・哲学に深い叡知を持ち、教育にも情熱を捧げ、大学を作り、様々な外国へ出て人々と交流した。レオナルド・ダ・ビンチのような全方位型の国民詩人。なにもかもを包括してしまうような宇宙的な大きさがあるので、読むと、ちょっと不安になるほどだ。日本との縁も少なからずあった人だが、いま、タゴールを読む平成の日本人を、わたしは身近に見つけることができないでいる。

インドでは、いまも勿論、タゴールは詩聖であり、日常生活のなかに、そのことばは、生き生きと根付いているように思われる。コルカタで出会った詩を書く少年は、タゴールのことを話題に出したとき、彼を唯一にして最高の詩人であると即座に言い切った。インド国歌もタゴールが作ったものだし、かつては同じ英国支配下にあり、その後、分離独立した、隣国バングラデシュの国歌もタゴールの作。そもそも祖先はバングラデシュ出身だそうで、だからインドばかりでなく、バングラデシュ人のあいだでも、タゴールは愛読されているそうだ。

岩波文庫のタゴール詩集（渡辺照宏訳）には、「ギーターンジャリ」という副題がある。ギータは歌、アンジャリは合掌、（文庫の表紙より）。神様へ捧げられた歌ということである。タゴールは後に、この詩集を含むいくつかの詩集から、数篇を選び、自ら、英語に訳し、英国版散文詩集『ギーターンジャリ』を作った。これにはイェーツの序文がついている。タゴールの詩の英訳に、イェーツが感銘を受けたという事実は有名で、ノーベル賞は、イェーツの強力な後押しがきっかけになった。

岩波文庫では、前半に置かれたベンガル語での原詩を、その音楽性に忠実に即して、文語定型詩で訳している。後半の、英語から訳されたものは、もとからのかたちをそのまま移した「散文口語詩」である。前半と後半とでは、一部の詩が重なっている。ややこしいが、つまり、この岩波文庫では、一部の詩については、まったく同じ内容のものを、文語定型詩と、散文のかたちの二種類で読めるということになる。読めばたちどころにあきらかだが、この場合、散文詩が、文語定型詩の、完全な「解説」と見えてしまう。なぜ、タゴールは、自ら訳した英訳を、散文詩のかたちで書いたのだろう。多くの読者を得ようとしてのことだろうか。イェーツが大感激した英語版は、ベンガル語の音楽性がすっぽり抜かれたコンセプトだけのものだった。これはけっこう、わたしには面白い事実だ。内容は、あなた（神）へと捧げられた歌である。宗教詩ね、と遠ざけてはもったいない。引用することができなかったので、次回も、もう少し、タゴールについて。

再び、タゴール

詩はむかし、大きなものだったということを、タゴールの詩を読むと思い出す。時代が違い、社会の構造が違うのだから、大きいからすばらしい、小さくて貧しい、ということはない。大きい詩は、現代において読むと、あまりにリアリティがなくて、不安になることもある。タゴールの詩は大きいが、拡大鏡で見ると、その大きさのなかに小さいものが詰まっている。小さなものがぎっしり詰まっていて、大きな現実をどかんとつくりあげている。その同じ感触が、コルカタという街にもあった。

雨にぬれた大地の匂いは、声なき小さなものたちの大群が詠唱する壮大な讃歌のように立ちのぼる。

詩集『迷い鳥たち』（内山眞理子訳・未知谷）に収められたものだが、この詩集には、こうしたアフォリズムのような短い数行が、三百二十六篇収められている。たとえばこういう数行を読むと、もはやここに、タゴールという名前を被せなくてもいいのではないかという思いにとらわれる。

タゴールの詩は、きれいに言えば、みなどこかで無名を目指していて、無名というのは、みんなのものであり、みんなのなかにとけてしまうものであり、個人として責任を取らなければならない行が見当たらないではないか、という不満も残る。古代の調べを聞いているようだ。

こんな文句を言いながら、しかしわたしは、ここに表された自然には、懐かしい至福を感じないわけにはいかない。想像することで、その風景が、ありありと目の前に現れる気がする。

そのとき、わたしたちは、時代や社会の甲羅を脱ぎ、自我を広げ、そこに一体化する、というあり方で、自然とむきあう。これは東洋的な態度なのだろうか。わたしにはとても自然なことだ。

コルカタには、とても大きな植物園があった。案内してくれた植物学者は、植物が好きで好きでならないという感じの人であった。植物園は広大で、平日の昼間、園内で働く人のほかには、訪れる人の姿もない。

ここには、バニヤン・ツリーという、世界最大をほこる樹木群がある。遠目には、森か林のように見えるのだが、もとは一本の木から枝がのびたものだという。

逝く日には　かく言ひて／われ逝かむ――／わが見しもの　得しものは／比《たぐひ》なしと／この光明《ひかり》の海に／蓮華《はちす》　輝き／その蜜を　われ飲めり／これわが幸《さき》と――／逝く日には　かく言ひ／告げて逝かむ

渡辺照宏訳のギータ一ンジャリ（岩波文庫）の一節である。植物園には蓮池があり、昼間だったので、花は閉じていた。大きな葉には、人も乗れると聞いた。静かだった。タゴールの詩は、植物への愛情に満ちている。彼の血は、草色かもしれない。ある種の人々にとっては、退屈だろう。だが自然とは退屈なものである。微細に絶え間なく変化するとしても。

仲間たち

七月十日。昨夜から、ひどい暴風が吹き荒れている。分厚い雲が、雨の気配をたっぷり含みながら、決して降り出さずに、もちこたえている。窓の外には、激しい葉ずれの音。

きのう寝る前に見た満月が、死ぬ間際の子供の目のように、ぎらぎらと異様な光り方をしていた。

不穏な自然現象を、わたしはどこか、わくわくしながら眺めている。何かがやってくる、その気配を、怖れながら、欲している。

何かとはなにか。

雷雨、嵐、津波、地震……。自然災害と呼び方を変えれば、のんきなことを言っている場合ではない。それでもあの圧倒的な力に、ふみしだかれてしまいたい、そんな気持ちになることがある。

去年の夏、下田の海へ行った。泳げないわたしは、ぷーか、ぷーかと、浮き輪につかまり、波間に浮かんでいた。

ところが、沖から、巨大な波が来た。

砕ける直前の、大波だった。巻き込まれ、波のなかで、わたしは二回転、三回転した。耳がきーんとして、目、鼻、口に海水が入り、めちゃくちゃなことになった。わたしは海に、全身を打たれ、捨てられ、岸へ運ばれた。波の力は暴力だった。波は回転する強い水だった。自らを巻き込み、岸へ向かう。こんな素朴な事実にも、巻き込まれなければ、気づかなかった。

大げさだねと笑われてもよい。傍から見れば、ただ、ただ、波をかぶったオバサンに見えたことだろう。けれどほんとうに死ぬかと思った。

萩原朔太郎は、「自然の背後に隠れて居る」という詩のなかで、何かがやってくる予兆のことを、「しだいに近づく巨像」と書いた。

巨像とは、きっとおおきな影のかたまりのようなもの。弾力を持ち、やがて近づいてきては、わたしたちの存在そのものを覆い隠してしまう。どんなに若かろうが、まだ子供だったとしても、その影に覆い隠されたとき、その者は死ぬ。

だけどこの詩では、その恐ろしい力を秘めた自然に、「僕等」、子供が立ち向かう。

おとなの知らない希有の言葉で
僕等は自然をおびやかした
僕等は葦《あし》のやうにふるへながら
さびしい曠野《こうや》に泣きさけんだ。
「お母ああさん！　お母ああさん！」

（最終連）

自然におびやかされるのではなくて、自然をおびやかす。おびやかす彼等にも、自然の作物のごとき感触がある。

昨晩、わたしが見たような、ぎらぎらと異様に輝く満月の目で、目の前の自然を睨《にら》みつけ、お母ああさんと泣き叫ぶ。自分の存在が、出てきた穴へ向かって、叫ぶのである。そのとき、「お母さん」は膨張し、巨大な母となり、曠野全体へ広がっていく。

僕等が藪《やぶ》のかげを通つたとき

まっくらの地面におよいでゐる
およおよとする象像をみた
僕等は月の影をみたのだ。

（冒頭連）

最近、なぜだろう、あのおよおよとする影が、自分の仲間のように思われてならない。怖いけれども、懐かしく、とても親しい心持ちがする。子供は影の仲間である。死を忘れている大人より、おそらく死と、無意識のうちに、なじみ、戯《たわむ》れている。

ここでいきなりだが、わたしの連想は、マイケル・ジャクソンに飛ぶ。

度重なる整形とか児童性的虐待疑惑など、さまざまなスキャンダルや噂にまみれた人。可哀想なスーパースター。事実はどうであれ、あの歌声を聴き、ムーン・ウォークに代表されるダンスを見て、心を奪われない人はいない。彼は自然のうごきを、人力によって極致まで模倣した。

その顔は破壊され、人工の極みにまで達していた。それはなにか、わたしたちに許しがたいタブーを感じさせた。

それでいてそれでいて、わたしたちは、反自然の極致のマイケルを見たかった。あれだけの作り物のなかから噴出する、輝く自然を見たかったのではないか。

五十歳なのに子供みたいで、人工の皮膚の下には、もしかしたら機械製の筋肉があって、それらがすごく温かい魂を包んでいたのでは。取扱いに、はらはらしながらも、わたしたちはマイケルに視線を奪われた。

死んで、葬られて、おそらく本人も、もちろんわたしたちも、どこかほっとし、納得したところはないか。

死という自然現象に、彼もようやく帰結した。およおよとした影の仲間たちに、マイケルもまた、さらわれていったのだ。

ツナミが来る

三月十一日（金曜日）午後、大揺れが来た。四日たった今も、まだ地震のことしか考えられないでいる。

津波に襲われた被災地の悲劇に比べれば、東京に暮らすわたし自身が被ったことは、ごく小さい。今、できることは、情報の真偽を確かめながら、それこそ「我欲」に走らず、冷静に物事を見て判断していくことだけだ。

小学校に通う子供は、牛乳不足のため、今日から水筒にお茶をつめて行くことになった。一時、東京のスーパーも棚ががらがらになったが、物資の流通は徐々に戻ってきていると感じる。今後のことはわからないが、なんとかなる、なんとかしようという気持ちのほうが大きい。無駄に物を買い占めることは避けて、生活を慎み、誰かを助けられないかという気持ちで乗り切っていくしかないと思う。いや、こんなことを思うだけ、まだわたしには余裕があるということだ。

地震が起こる数日前、わたしは一人の知人と、仕事がらみのランチを一緒に取っていた。長いつきあいの知人である。建前とか美辞麗句、お世辞の類を一切言わない人で、そういうもので固められた息苦しい人生に、常に苦みのあるユーモアをもって穴をあける。時には残酷な本音を言って、真実の辛辣さに目覚めさせてくれる人でもある。

ここ数年、わたしは彼と話をしていて、詩や小説を「書きたい」という衝動、インスピレーションを得ることが多々あった。

書きたいという衝動は地震に似ている。心の深いところが、彼の言った何気ない言葉ひとつで、どすんと予告もなく突き動かされる。何気なく言うというところにおそらく秘密があって、彼は別に、面白いこと、有意義なことを言ってやろうというような目的で発言しているわけではない。話している当人こそが、心の深みに沈んだものに、理由もなくどすんと突き動かされて、ふと言葉を漏らしているに違いなく、その振動が、わたしに伝わり、わたしはそれを誰かに伝えたくなって、それが書きたいという衝動となる。

その日、わたしは彼と、海やら山の話をした。そして自然について、とりわけ、偶然だが、自然がもたらす災害についての話をした。

彼は数年前、大病をして倒れ、生死の縁を彷徨《さまよ》った。ここ数年、リハビリの甲斐あって、少しずつ恢復《かいふく》してきたが、なお、多くの不調を身体に抱えているようだ。言わないし聞かないので、推察するだけだが、言い出したらきりがなくなるのかもしれない。最近は、山歩きをすると言い、そこで見た木々の美しさ、花々の美しさを折々に語ってくれた。

自然は言葉を持たず、ただ、そこにあふれていて、その美しさでわたしたちを魅了する。でも、もちろん、それだけではない。今回の地震でみるように、言葉をなくす恐ろしさで、世界を壊滅させてしまうこともある。そのとき自然は、人間の生死をはるかに超越し（というか、人間の生死など、まったく問題にせずに）、圧倒的な力を見せつける。

あのとき、彼は、むろん、こんな大災害がやってくるとは知らず、「津波の動画をやっていてね、深夜、それを幾度も見てしまうんだ」と語った。まるで罪でも告白するように。罪と思うのはわたしたちに後ろめたさがあるからで、津波によって多くの人がなくなったことは、今回のことのみならず、承知している。

向こうからやって来る大波。一度、引いて、それからざざあっと意志もなく、白い波頭をたて、陸地にあがり、すべてを覆い尽くしてしまうあの波のこと。なぎ倒される木々、建物、逃げ惑う人間。そんな津波が来る瞬間の画像が、ネット上にアップされており、見ようと思えば誰もが見られるようになっている。彼が見たというのは、おそらくスマトラ沖地震でおきた津波の映像ではないかと思う。

見るというのは残酷な距離を持つ行動で、我が身が安全な場所にあるからこそ、そうして観察していられる。そうした一切をわかってなお、津波を見たいと目を暗く輝かせて話す彼に、わたしは死への衝動を感じた。人間はみな、生きたいと願いながら、同時にどこかで、ほとんど無意識に、深く一瞬、死にたいと思う。わからない。わからないけれど、わたしも、静岡の海へ泳ぎにいったとき、むこうから来る波のうねりを見て、すごく怖いと思った。でもその怖さに強く惹かれたのも事実だった。ふーっとあの黒い波のなかへ、入っていきたいような気がした。波は静かで意志をもたない。最初、ゆったりやってきて、次第にとがり、波頭をたて、浜へ向かって、がっしゃーんと崩れる。崩れる波に巻き込まれたことがあるが、死ぬかと思うほどの強さで、水はわたしを巻き込んだ。

わたしの家族は、沖に出てサーフィンをするが、やはり波に巻き込まれると、大変なことになるらしい。海のなかで何回転もして、気づけば、触れぬほど深いはずの海底に、手がついたと語ったこともある。死ぬと思ったらしい。サーファーたちは、海でそうして幾度も恐ろしい思いを重ねながら、それでも波に乗り続ける。なぜなのだろう。わたしには、生きたいと同時に死にたいと思っているように見える。生が極まればそこに死がある。観念ではいくらでも言葉を弄《もてあそ》べるが、生と死との間に、防波堤などない。

大揺れに襲われたとき、わたしはテーブルの下にもぐりこみながら、テレビのリモコンを探し、即座にスイッチを入れた。ほどなくして、震源地近くの映像が出た。少したつと、信じられない映像が映し出された。津波が街を、人を、車を静かに意志もなく覆っていく。わたしの身は濡れず、その冷たさも想像するだけだ。だが確実にわたしのなかへも浸水してくるものがあった。今わかる。すべての「表現」が変わるような気がした。その臨界点を自然に見せつけられているような気持ちになった。為すすべもなくただ見ていた。

産屋《うぶや》——河瀬直美監督作品『玄牝《げんぴん》』に寄せて

風の音、木々の葉音に、女たちのざわめきが交じって聞こえてくる。何を話しているのだろう。意味はとれない。火、滴る水、縦長に細く開いた明かり取りの窓。古い民家が写っている。そこで妊婦さんたちが産む準備をする。家屋の内部はほの暗い。懐かしいと思う。私も古い日本家屋で育ったから。でも懐かしさの理由はそれだけではない。ほの暗い室内には、生まれ出るものを静かに待ち受ける肯定的な温もりがあった。それはそのまま映像の肌合いとなって、観る私たちを包み込む。

舞台となっているのは吉村医院。院長の吉村先生は妊婦さんたちに「ごろごろ、ぱくぱく、びくびくしない」と指導しているそうだ。ごろごろは無精、ぱくぱくは食べ過ぎ、びくびくは不安。つまり妊婦は、ゆったり構えて余計な心配をせず、質素な伝統食をきちんと取って、畑仕事をしたり薪割りをしたり、さかんに身体を動かすよう奨励される。

私は妊婦だったときの頃のことを思い出した。ごろごろ、ぱくぱくは、自己管理でなんとかなった。しかし「びくびく」だけは、最後までうまく管理することができなかった。妊婦でなくとも不安というのは、現代人を理由もなく襲う得体の知れない感情だ。だが映像を見ているうちに、私もここで、二度目のお産をしているような気持ちになった。ごろごろ、ぱくぱく、びくびくしない。そう、そうだね。これらはすべて、人間が人間らしく生きるための、密かな智慧《ちえ》と言えそうである。

吉村先生はいろいろ理念をお話になるが、すべてを明快には言語化されない。それで、時々、怪しげにさえ見える。力が抜けていて優しく自然体だが、現代社会の歪みについて、ご自分の思いが沸騰すると、妊婦を時に叱ったりもする。実の娘から「他の人のことには一生懸命になるくせに私には……」と糾弾される場面もあった。そのとき先生は、ややうろたえていらした。カメラはそれらをたんたんと撮った。矛盾を抱え揺れている先生は、私の目にとても人間的に見えた。

一方、揺るがないことをもって、人間であることを信じさせてくれる人々もいる。吉村医院の助産婦さんたちだ。彼女らは頼もしい大木のよう。いぶし銀のように輝いて見える。

終盤近く、監督の河瀬直美さんが、声だけで登場する場面があって、妙に私の耳に残った。吉村医院を取材しての、感想を述べている。普通のドキュメンタリー作品で、こういうことは、よくあるのか。つまり、いきなり制作者が出てきてしゃべるということ。それは唐突だし、見方によっては傲慢とさえとられかねない。

でも、と私は思った。正直に言えばその声は、制作者というより一人の女の声だったから。いや、そう聞こえた。うまく話せない吉村先生に代わって、河瀬さんが話している。そんな印象を受けたのである。その意味で彼女もまた、助産婦さんだった。何かが生まれるとき、一人の創造というものはあり得なくて、常にそこには、見えているもの、見えていないものの、助産婦的役割が働いている。

映像には、様々な女たちの人生が、縦糸、横糸となって織り込まれているが、なかに、妊娠した途端、旦那が蒸発していなくなってしまったという女性がいた。彼女はこれから産むというところで、深い悲しみのなかにいた。

ところがどうだろう、最後のほうで、無事子供を産んだ彼女の傍に、戻ってきた夫が映っているではないか。何なのよ、女を悲しませて。私は彼をどつきたくなった。でも笑った彼の顔は、優しそうで頼りなげで、その口元は味噌っ歯だ。それを見たとき感情がふっとゆるんだ。ま、いっか。戻ってきたんだものね。

『玄牝』に登場する男性は、ピアニカを吹く男性もそうだが、みなどこか女性を前にして、うまく言葉を使えないでいる。口ごもり、うろたえ、揺れている。ものを書いている私は、書き言葉というものに、どこか男のものという違和感を覚えることがあるが、『玄牝』に出てくる男性たちには、そういう言語臭がまるでない。そのことにも興味を覚えた。

あー、うーん、ありがとう、あったかーい、きもちいーい。産むときの女たちは、とても気持ちがよさそうだ。その声が、私の耳に、愛し合うときの艶声のように聞こえる。どきどきする。聞いていていいのかな。やがて股の間から、めりめりと赤ん坊の濡れた頭が出てきて、ああと思う。ああ、蓋が開いた。この社会のなかで、ずっと蓋を被せられていた場所が開いた。私は声をあげずに泣いた。人が人を産み、育てて死ぬ。人の為すことで、これを越えるものがあるだろうか。何もない。何も。

あとがき

夢だったかもしれない。

夏が終わったばかりの秋のころ、海の近くに暮らす詩人を訪ねた。そのひとが、浜に建つ一軒の貧しい小屋を指さし、教えてくれた。

「あれが、うぶやですよ」

聞き取れず、問い返すと、そのひとは、同じ音を繰り返した。

「うぶや、うぶやですよ」

だいぶむかしには、そこで産むひともいたらしい。いまはもう、使うひとがいない。なのにいつまでもそこにあるという。

近くでは、肩、腕、背中、胸全体に見事な刺青《いれずみ》をした男のひとが、上半身、裸になって、何か白い食べるものを焼いていた。それがそりかえって、香ばしい醤油の匂いがたった。

産屋のなかは薄暗い。風も通らず、天井からは、湿った縄が、むっつりと一本、垂れ下がっているばかりだ。

坂の途中で、赤い流れ星を見た。

虫と赤ん坊がさかんに鳴いている夜。宮沢賢治の「星めぐりの歌」を初めて聴く。あかいめだまのさそり／ひろげた鷲のつばさ／あをいめだまの小いぬ／ひかりのへびのとぐろ……。

わたしも歌ってみたいと思いながら、女性歌手の声を聴いている。なかなか覚えられない。

●

垂れ下がった縄のことを考えながら、散文集のあとがきを書きはじめる。

●

本書に選んで収録したものは、ここ十年くらいのあいだに書いたものです。まとめるにあたっては作業が何年も滞りました。エッセイを書くのが苦手です。それを読み返すのも苦しいことです。過去の自分はだいぶ他人です。闘いながらようやく終着点に来ました。難産の一冊です。その間、変わらぬ態度で待ち続け、背中を押してくださいました清流出版の髙橋与実さんに、この場を借りてお礼を申し上げます。ありがとうございました。

小池昌代

二〇一三年秋

初出一覧

I

恋	『芸術新潮』二〇〇八年二月号
球体の子供	『一枚の繪』二〇〇二年十一月号
雪とはしご	『音響家族15』二〇〇三年二月二十八日
菜の花と麦	『別冊一枚の繪』二〇〇二年 vol. 74
火の娘	「日経新聞」プロムナード 二〇〇一年七月七日
運ばれていく	『三田文学』二〇〇二年五月春季号
犬の匂い	「日経新聞」プロムナード 二〇〇一年十一月二十四日
小川小判	三省堂『高校国語教育』二〇〇二年冬号
黒猫ふわり、心に降りた	「読売新聞」二〇〇四年五月二十日
重さと軽さ	「日経新聞」プロムナード 二〇〇一年九月八日
島々	ラジオデイズ「小池昌代の言問い小路」二〇〇七年九月二十日
沖縄三泊四日	ラジオデイズ「小池昌代の言問い小路」二〇〇八年四月四日
野性時代	ラジオデイズ「小池昌代の言問い小路」二〇〇八年八月八日
小さな儀式	『群像』二〇〇一年十二月号
サヨナラ、マタネ	「朝日新聞」こころの風景 二〇〇三年六月十七日
球根	『三蔵』第二号 二〇〇三年一月二十日
山岡くんの作文	「日経新聞」プロムナード 二〇〇一年七月十四日

II

水色のドレス	『銀座百点』二〇〇八年九月号
穴	ラジオデイズ「小池昌代の言問い小路」二〇〇九年二月二十七日

最期の声　『群像』二〇〇三年八月号
痛みについて　「日経新聞」プロムナード 二〇〇一年十二月十五日
大きなひと、小さなひと　「日経新聞」プロムナード 二〇〇一年十二月八日
野にすわる　「日経新聞」プロムナード 二〇〇一年八月四日
中間に満ちる磁力　『小説現代』二〇〇四年十月号
歌声　『三蔵』第六号 二〇〇六年十月十八日
素の爪　『中央公論』二〇一三年一月号
窮屈なときは踏み外せばいい　「読売新聞」二〇〇四年五月六日
不揃いゆえの楽しさ　「読売新聞」二〇〇一年七月二十一日
節分の夜はお菓子が降る　『文藝春秋』二〇〇六年二月号
箱の中身　「日経新聞」プロムナード 二〇〇一年八月十一日
湯気の幸福　「日経新聞」プロムナード 二〇〇一年十月二十七日
食欲について　『四季の味』二〇〇九年夏号・五十七号
見えない料理人　「日経新聞」プロムナード 二〇〇一年七月二十一日
たこ焼き、くるくる。　『東京人』二〇〇六年三月号
カリカリでもナヨナヨでも　書き下ろし
すももの増減　「中国新聞」二〇〇三年八月二十五日

III

キャベツ畑　『群像』二〇〇六年九月号
踏切の途中　「朝日新聞」こころの風景 二〇〇三年六月十八日
からっぽの部屋　「読売新聞」二〇〇四年五月二十七日
坂道の幻影　『群像』二〇〇〇年六月号
東京氷上世界　ラジオデイズ「小池昌代の言問い小路」二〇〇九年一月九日
嵐の夜　『かまくら春秋』二〇〇三年五月号

IV

朝礼のヘルメット　「朝日新聞」こころの風景二〇〇三年六月十六日
子供はピエロの何が怖い？　「読売新聞」二〇〇四年五月十三日
ちいさいおうち　『三蔵』第四号 二〇〇四年八月三十一日
真夜中の音　「日経新聞」プロムナード 二〇〇一年十一月十七日
乙女の時間　「日経新聞」プロムナード 二〇〇一年九月二十二日
夏の終わり　「日経新聞」プロムナード 二〇〇一年八月二十五日
薄いお茶の色　「日経新聞」プロムナード 二〇〇一年十一月十日
落ちていく　「日経新聞」プロムナード 二〇〇一年七月二十八日
消える　ラジオデイズ「小池昌代の言問い小路」二〇〇八年四月二十五日
時計の登場　「日経新聞」プロムナード 二〇〇一年十二月一日
ビュルビュルを探して　「日経新聞」二〇〇三年十一月十六日
野犬だったころ——中学生に寄せることば　『本を選ぶほん 中学校向』二〇〇九年度版
何があんなに面白かったんでしょう——「わたしの好きな遊び」というテーマに寄せて　『小説現代』二〇〇七年十一月号
祭りの昼と夜　『てんとう虫』二〇〇九年六月号
すすきのなか　『小説宝石』二〇〇五年九月号
わたしの好きな百人一首　『ユリイカ』二〇一三年一月臨時増刊号
インド・コルカタ・タゴールの詩　ラジオデイズ「小池昌代の言問い小路」二〇〇九年三月十八日
再び、タゴール　ラジオデイズ「小池昌代の言問い小路」二〇〇九年四月十日
仲間たち　『抒情文芸』二〇〇九年百三十二号
ツナミが来る　『神奈川大学評論』二〇一一年第六十八号
産屋——河瀬直美監督作品『玄牝』に寄せて　河瀬直美監督『玄牝』パンフレット

＊一部改題のほか、初出に加筆

イラストレーション　小池昌代
ブックデザイン　鈴木成一デザイン室

小池昌代（こいけ・まさよ）

一九五九年東京都・深川で生まれる。七～八歳頃、「詩」に出会う。中学の時に初めて物語を執筆。梶井基次郎『檸檬』についての読書感想文が東京都のコンクールに入選、書くことの面白さに目覚める。津田塾大学国際関係学科卒業後、法律雑誌の編集に長くたずさわりながら詩作。一九八八年第一詩集『水の町から歩きだして』（思潮社）刊行。一九八九年ラ・メール新人賞受賞。一九九七年詩集『永遠に来ないバス』（思潮社）刊行、現代詩花椿賞受賞。一九九九年詩集『もっとも官能的な部屋』（書肆山田）刊行、高見順賞受賞。二〇〇一年エッセイ集『屋上への誘惑』（岩波書店）刊行、講談社エッセイ賞受賞。二〇〇七年短編集『タタド』（新潮社）刊行、表題作「タタド」で川端康成文学賞受賞。二〇〇八年詩集『ババ、バサラ、サラバ』（本阿弥書店）刊行、小野十三郎賞受賞。二〇一〇年詩集『コルカタ』（思潮社）刊行、萩原朔太郎賞受賞。編著に『通勤電車でよむ詩集』（NHK出版生活人新書）、『おめでとう』（新潮社）があるほか、『それいけしょうぼうしゃ』（講談社）、『森の娘マリア・シャプドレーヌ』（岩波書店）など翻訳絵本も手がける。近刊は連作短編集『自虐蒲団』（本阿弥書店）、長編小説『厩橋』（角川書店）など。

散文集　産屋《うぶや》

二〇一三年十一月二十八日　初版第一刷発行

著者　小池昌代

発行者　藤木健太郎

発行所　清流出版株式会社

〒一〇一-〇〇五一

東京都千代田区神田神保町三-七-一

電話〇三-三二八八-五四〇五

振替〇〇一三〇-〇-七七〇五〇〇

http://www.seiryupub.co.jp/

編集担当　髙橋与実

印刷・製本　シナノ パブリッシング プレス

乱丁・落丁本はお取り替えいたします。

ISBN978-4-86029-409-0